▲ 车轮记录的美景

▼ 骑游老挝Xe Pian自然生态保护区

▲ 马来西亚可爱的小孩

▲ 马来西亚邦咯岛——钟情鸟

▼ 老挝偶遇

▲ 温情一幕——马来西亚邦咯岛父女

▲ 信奉佛教的泰国

▼ 泰国背包客旅舍餐厅

▲ 骑行在中国农村

▲ 65岁的中国骑行英雄

▼ 强壮的蒙古摔跤手

▲ 中国建筑

▲ 大美蒙古

▲ 蒙古射箭

▼ 骑行蒙古偶遇“变形金刚”

▲ 宫殿般的莫斯科地铁

▲ 克里姆林宫

▼ 沉思的希腊人

▼ 希腊宪兵

▼ 罢工中的人们

▼ 希腊罢工潮感受催泪瓦斯

# 无觊途行的骑迹

【马来西亚】萧建忠　著

中国广播电视出版社

图书在版编目（CIP）数据

无期途行的“骑”迹 /（马来）萧建忠著. -- 北京 ：中国广播电视出版社，2014.8

ISBN 978-7-5043-7162-1

Ⅰ. ①无… Ⅱ. ①萧… Ⅲ. ①游记－作品集－马来西亚－现代 Ⅳ. ①I338.65

中国版本图书馆CIP数据核字(2014)第083110号

北京版权保护中心外国图书合同登记号：01-2014-2495

无期途行的“骑”迹

萧建忠 著

策　　划 贝壳悦读
责任编辑 陈丹桦
封面设计 嘉信一丁

出版发行 中国广播电视出版社
电　　话 010-86093580 010-86093583
社　　址 北京市西城区真武庙二条9号
邮　　编 100045
网　　址 www.crtp.com.cn
电子信箱 crtp8@sina.com

经　　销 全国各地新华书店
印　　刷 北京振兴源印务有限公司

开　　本 710毫米×1000毫米 1/16
字　　数 105（千）字
印　　张 13
彩　　插 8面
版　　次 2014年8月第1版 2014年8月第1次印刷

书　　号 ISBN 978-7-5043-7162-1
定　　价 36.00元

Journey is Destination

# 推荐序

## 人生无期保鲜的一页梦想

一个人要有多大的勇气，才敢独自骑着单车，去经历生命这场未知期限的无期途行？

在建忠的书中，我仿佛跟着他走过马来西亚、泰国、老挝、中国、蒙古国、俄罗斯、土耳其、希腊、意大利、法国和英国。不只是看到沿路的风景，不只是感受到途中遇见的人和故事的冲击，更多的是会跟着他的情绪历程起伏摆荡！

我们常常会因见到一个美好的结局而心生羡慕，但却害怕经历那些过程的苦痛而不愿意跳出已经习惯、熟悉的舒适圈。于是，我们能体验的感受越来越局限，进而生命的层次越来越单薄。建忠的《无期途行的“骑”迹》不只是一个梦想实践者的证言，更是关于如何面对自己内心煎熬纠结的过程，关于如何将意念转化为一次又一次的行动力来唤醒我们内心那个需要梦想来喂养的真实灵魂的过程。

我很喜欢书中的一句话：“Journey is destination”（旅行过程才是目的地）。是的，就像我们的人生意义不在终点，而在于选择如何去丰富它的过程一样，我们也同样在经历一场无期途行。

——摄影作家、种子音乐集团 CEO　田定丰

萧建忠并非史上骑得最久的，也不是骑得最快的或经过最多国家的，更不是带着全家或宠物一起缔造最新纪录的人，但是他的旅行和书写带给

我两件美丽的“礼物”。

第一件“礼物”叫“平凡”，原来，平凡如我，只要愿意倾听心底的声音，只要愿意展开行动并且坚持下去，无论骑不骑车，都可以体验到像建忠在本书尾声中所写的“产生一点点面对未知、实现梦想的勇气”。

第二件“礼物”就更罕见，至少我从来不曾在这一类温暖励志的旅游书里读到过，那就是“偷懒”。虽然建忠以很长的篇幅描述那些奋发向前的经验，但我总在他没力气的段落、发高烧的段落、搭便车的段落和暗恋着的段落里得到最多的阅读乐趣。或许是我生性黑暗之故，但要知道若没有黑暗，光就没有任何价值。建忠的故事不仅提醒我们要在黑暗里点灯，更以一种诚实的、理所当然的语气告诉我们，不管我们多么想要继续，没有力气的时候，就是得面对现实，停下来休息。说出“我要辞掉工作出发旅行”需要勇气，但承认“我决定在这里休息，嗯，至少一个礼拜吧”更需要勇气，前者让我们勇于开始，但其实是后者让我们面对限制、承担现实，然后内心清明。

——台湾政治大学广告系教授、X 书院@创意实验室总导师　陈文玲

建忠曾说：“生活里每一个角落、每一样东西都很有感觉。”我想只有一个感性、知性、诗性的人，才会有这种体会。

不管是对事还是对人，建忠就是用他安静的方式，去注视、体会和感受身边的一切。《无期途行的“骑”迹》这本书除记录了这个大男孩在532天的单车旅途中的所见所闻之外，或许更多的是关于他在用心聆听、用心注视后对生命深刻的认知和体会。

其实人生何尝不是一段无期途行？一些人一生都会高声、高调、高姿态地引人注目，但是安静地审视、体会、了解、感受或许才是人生的最大智慧。

——新加坡三角六十度制作公司制作人　韩光伟

目录

Journey is Destination

一个让人感觉时间停顿的地方

## ——老挝



五千年历史文明的龙国度

## ——中国



曾经是世界上最强大的游牧民族

## ——蒙古

世界上地域最辽阔的国家

## ——俄罗斯



有个家喻户晓的故事“木马屠城”

## ——土耳其



一个充满了浪漫与神话色彩的国度

## ——希腊

俯拾皆是的文艺复兴巨匠雕塑和建筑

## ——意大利



集美食、浪漫、文化、艺术于一身的地方

## ——法国



“绅士”之都

## ——伦敦

Journey is Destination

# 自序

## 用自己的双脚看这个世界

2010年9月24日我给自己判了个“无期途行”，在没有限定日期和时间的情况下自由自在地旅行。一个人，一辆自行车，以新加坡为起点，英国伦敦为终点，展开了一段充满未知的旅行，途经马来西亚、泰国、老挝、中国、蒙古国、俄罗斯、土耳其、希腊、意大利、法国，于2012年3月9日抵达英国伦敦，共历时532天，12225公里。

这属于我生命的必然，从2007年第一次尝试单车旅行回来之后，我就知道它的存在。它并没有随着旅行的终止而结束继续跳动的渴望，反而日益任性壮大到无法收拾的地步。我一步一步地倾听着它的旋律，朝着这个必然缓缓前进。

一个人单车旅行最大的乐趣就是你会有很多不期而遇的惊喜。

你不会知道下一个途经的小镇会遇上哪些人，前头渐渐接近的道路上会经历什么事，心将会感受到什么样的悸动，邂逅哪一种风景。正因为一切充满未知，所以期待就会被无限放大，可以有很多想象。

安逸地留在新加坡工作，安分守己地过着几乎可以预想到的之后的人生，从来就不是我的生命选择。于是出走，离开安逸的生活考验自己便成为了我生命的出口。当人们听到我要从新加坡骑单车到英国时，大多都用不可思议的眼神看着我，仿佛在说着：“这是不可能的，你这个疯子。”但我想，或许我比谁都还要清醒。因为我只是想忠实地做回自己，倾听自己心底的声音，不想到头发都斑白时才后悔当初的懦弱。

在旅行的过程中体会过泪流不止的离别，也经历过辗转难眠的夜晚，度过了生病虚弱的无助，也有征服了寂寞的狂喜，更有拥抱了孤独的狂悲。时常在烈日下，当汗流浃背辛苦地踩踏爬坡时，我也在想着为什么？为什么要这么辛苦地旅行？

在四周寂静的无人山林里，我坐在树荫下歇息，气喘吁吁地大口喝着水，看着阳光映照在地面上自己孤独的身影时，心底想着：我正一步步地朝着心中那可怕的巨兽前进。有时候我也会被一时的辛苦、寂寞和孤独困惑着，而忘记了选择单车旅行的方式去看世界是自己最初的梦想。

唯有用自己的双脚去看这个世界，我才有可能创造出属于自己的旅行经验，我才有机会体验旅行生活，并在过程中考验自己。或许经过这艰苦的历练之后我才能长大，才能成为心目中想要成为的那个自己。我安静地在持续轮替的风景中，看着里程表一步步朝目标迈进，感受生命所带给我的种种不确定，无论好坏、苦涩或甜蜜，都会是我人生中最美好的风景。

很多人问为什么是伦敦？理由其实很简单，因为伦敦有廉价航空方便我抵达后可以便宜飞回新加坡。若单车旅行本身就是目的，那么其实任何地方都可以是起点或是终点。新加坡到伦敦这个路线，对我来说只是一个理想蓝图，它可以因时、因地、因气候而随意调配先后顺序或添加其他未列入基本蓝图里的地区或国家，反正计划始终会赶不上变化。若时间充裕，不如就随心所欲，依照实际情况变更一个最适合的路线，反正我才是这个旅程故事的作者。

这一回在骑到马来西亚吉隆坡时，为了感谢单反相机赞助人张庆勇先生和Tamron 18-270VC赞助单位Futuromic Photo Av，马来西亚旅游摄影机构223Go.com（www.223go.com.my）的创办人兼好友赛芳特别帮我举办了生平第一场记者会。隔天当报纸把我骑单车到英国的消息刊登出来后，好友接到了一位71岁老人的来电，要求她协助转达对我旅程的祝福。老人说谢谢我帮他完成了年轻时未能完成的梦想，并祝福我一路平安。老人的这段话给予了我莫大的信心和鼓励，而这本书也特别想献给他。

**萧建忠**

新加坡　2012 年 5 月 22 日

西方与东方
相辅相成的国度

# 马来西亚

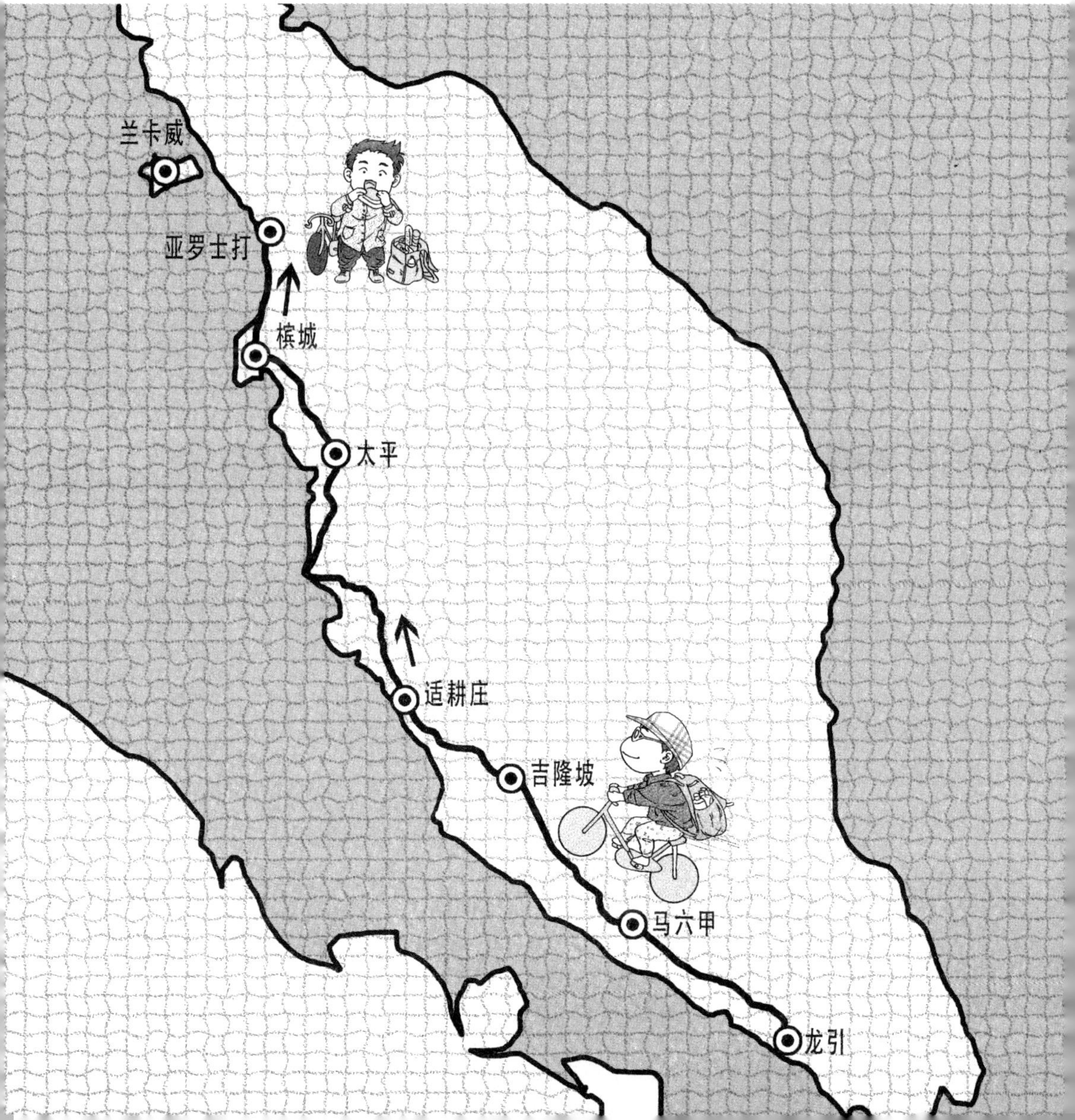

安分守己

从来就不是

我的生命选择

于是聆听心底的声音

离开安逸考验自己

便成为了

我的生命出口

## 擦干泪带着爱和幸福上路

人只有在离别时才发现自己一直被爱温暖地包围着、保护着。那份爱和感动，滋润着那酸楚，久久不能平息。

离开了新加坡姐姐的住处，我骑到了马来西亚的故乡龙引（Rengit）与守候我多时的妈妈见面。我离开新加坡时母亲正好从新加坡回到马来西亚参加亲戚孩子的婚宴，所以没有机会和母亲当面说再见。母亲为了能见上我一面与我道别，也特地回到了龙引这个小镇。

顶着9月的酷热天气，我骑得全身汗流浃背，约下午时分缓慢地骑到了龙引大街与母亲见面。我像是个还长不大的孩子般，对着母亲关爱和心疼的眼神微笑着，能在继续上路前与母亲见上一面，是一件既快乐又复杂的事，一边吃着母亲给我外带的我最爱吃的云吞面，一边强忍住了鼻酸和已到眼角的泪滴。

母亲一直疑惑着，有好好的一份工作不做，为何要那么辛苦骑单车旅行？那时候，我告诉她要写一本有关单车旅行的书，好让她安心。仿佛没有任何目的的旅行，在母亲的认知里都不叫做旅行。伟大的母亲知道无法打消她的宝贝儿子坚决上路的念头，于是只好把担心和心疼化作关爱与支持，临别前再三叮咛着要小心，期盼着我能平安归来。

妈妈，这是我心底没对你说的话。我会平安归来，而你也要好好地照顾自己。妈妈，我爱你。

如果我没有因为这个梦想出走，或许不会有机会静下心与自己的心灵对话，也不会体会到包围在我四周满满的爱和幸福，更不会有机会为每一次不舍的离别而感动落泪。身为一个还在学习豁达与不执著的旅人，在面对每一次离别的时刻，心底仍会有许多不舍。家人对我的关爱、心疼和包容，是我之所以能有勇气踏上旅途的最大支柱。

如果说单车旅行教会了我些什么事，我想那就是如何在每每面对离别时抽离自己，让自己变得不那么执著吧！离别时刻的拥抱过后，我很快把眼泪擦干，强忍着鼻酸，头也不回地展开旅程。我知道在我转身离开的背后，还有双温柔的眼睛凝视和等待着我平安归来，我是带着满满的爱和幸福上路的。

## 故乡，一个叫做龙引的小乡镇

我的故乡在马来西亚柔佛州，一个叫做龙引的小乡镇，距离新加坡约150公里。从新加坡沿着马来西亚西海岸五号公路一直往北骑，经过士古来（Skudai）和小笨珍（Pontian Kecil）后便能抵达。我一共骑了3天的时间才终于回到了故乡。说不出对故乡如此迷恋的原因，只知道若不利用这次浪游机会回去一趟，那些昔日熟悉怀念的景物或许就将消失殆尽。

龙引是隶属峇株巴辖（Batu Pahat）县的一个小镇，盛产椰子、香蕉、咖啡、可可、油棕等农作物。十年来的变迁让这里越来越繁荣，不但马路变宽了，新盖的楼房与店家也比以前更多，昔日因火灾被烧毁的住家如今已被马路所取代，过往大街上还有一半未被火苗波及的旧式木板店屋，如今也将面临被拆除的命运。隔日早晨，我独自把小镇细细地逛了一圈，一次把所有儿时的滋味与怀念尝遍，走在昔日同一条通往学校的马路上，让回忆翻滚来袭。

小学时我每天会走约20分钟的路去上学。经过一条河，过一座桥，再走个5分钟就会抵达学校。每当经过这条河时我都会往河里看有没有鱼，大多时候都只是混浊的河水，有时还会散发着腐烂尸体的味道，而最佳的观赏期要等到雨季来临，那时河水会变得清澈透亮，水底悠游的鱼清晰可见。另外，看到四脚蛇背着小四脚蛇游泳渡河也会引起我的兴趣，通常若不赶时间我会停下脚步观看，直到四脚蛇母子平安上岸我才肯转身离去。

桥头旁的河岸边有一间用椰子叶和木头搭建而成的小木屋，依稀记得木屋门口挂着风铃摆饰以及一些不知名的宗教旗帜。木屋里曾住着一名留着一头灰白色长发的马来流浪汉，由于他高瘦的身材及散乱的长发像极了日本音乐大师喜多郎，渐渐地大家都习惯以“喜多郎”来称呼他，但几乎很少有人敢接近他，也没有人知道他的来历或他为何会一个人住在没有水电供应的木屋里，只隐约记得他忧郁的眼神里，仿佛有着一丝流浪的坚定。大人们说他神经不正常，叫我们若看到他得快跑远离，而“喜多郎”似乎也不想让人干扰他平静的生活，在木屋外放了很多叶子挡住过路人的窥视。关于“喜多郎”的最后记忆已经模糊不清，有人说他突然消失了，如同他的突然出现。空无一人的木屋里只留下一把破吉他和偶尔被风吹动的寂寞风铃。

## 吉隆坡迷路——闯入黑暗工业区

离开故乡龙引后，一乡一城地继续循着马来西亚五号沿海公路前进。已经来过许多次，算不上陌生的马六甲和吉隆坡是两个首先停留休息的城市。原以为万无一失，只要按照iPhone地图导航路线骑就可以顺利抵达，没想到却在吉隆坡这个大城市里迷了路。

自从使用iPhone后，其地图功能就成为了我生活中的好帮手。无论想去哪里，只需输入地址或路名，很快就能计算出一条最快抵达的路线，并能告诉你开车和走路的路线图，会有多少公里和需要多少时间。若身处在大城市里，没有自己的交通工具，它甚至还能告诉你走去最近的巴士站搭乘几号巴士就能抵达目的地。

如此贴心好用的功能自然成为了单车旅行不可或缺的工具之一。通常我会按照它计算出来的步行路线来骑，若照着开车的路线，可能会把我带往不适合骑单车的高速公路上。或许是因为过于依赖这个功能，又或许是它真的比我想象中还要聪明许多，我忽略了步行的路线和骑单车的路线还是会有些许差异。有时候，人可以行走的路却并不适合骑单车。比如说，有时候它会计算一条步行的快捷方式，而这条快捷方式可能是条辛苦的山路或是凹凸不平的乡间小路；再比如说，它有时会带你走上一个没有任何路标指示的乡间泥石路，而不会告诉你这段路前面或许会有个断桥是单车无法通行的。

记得抵达吉隆坡的那个晚上，iPhone的导航显示距离骑往好友陈赛芳收留我的223Go办公室只有2公里，于是我就继续照着指示走，结果竟然在这最后的2公里迷了路，骑到了一个没有路灯的偏僻工业区里。当时心底有些担心，怎么会把自己置身在如此危险的地方，万一遇上心怀不轨的人把我洗劫一空该怎么办？于是赶紧加速踩踏，想要尽快离开那个伸手不见五指的地方，但没想到越往里面骑越是偏僻，最后连工业区都不见了，路的四周只剩下高过头的杂草丛生。最后，我骑到了一条死路里，我想这或许就是条供行人走的快捷小路，可能再沿死路走进杂草堆里就能抵达好友的办公室。但最终我还是决定不要再继续冒险，为安全起见调头骑到大马路后，再给好友打电话求援。

**一心原以为对的路，结果不一定是最好走、最安全的路。有时候看似危险的路，也不一定会有危险，其实这都是人自己的心理在作祟。但万一迷路了，切记要保持镇定，心底不要慌张，如此才能想出最好的应对之策，并且迷路有时候反而能带给人另一种从未见过的风景。**

后来，好友赛芳和她的男友林建鼎老师开着车子出来为我带路，经过一整天的骑行我还要筋疲力尽地努力加速跟着车子前进。当好友在后座拿起相机为我拍照做记录时，我对着镜头勉力微笑着，在那一瞬间，我心底很感动。每个人都在走着自己的路，今年我听从了自己心底的声音选择了单车旅行这条路，一路上一直有许多好友陪伴和照顾，我真幸运。

## 沉浸在自己的孤独世界里

经过478公里的路程，离家出发后的第10天，顺利抵达吉隆坡。通常每天早上7：30分起床，梳洗整装及吃完早餐后，约8：30分开始继续上路。若沿途没有特定必须前往的目的地，或是没有特别吸引我停下脚步按下快门的风景，大多数的时间，我就一直奋力地往今晚预计抵达休息的城镇登车，偶尔会戴上耳机听一些音乐，并大声地在路上哼唱，沉浸在自己的孤独世界里，为千篇一律的单调风景加点旋律的同时，仿佛也可以为自己踩踏前行的背影加点浪漫和悲壮。

在骑往吉隆坡的路上曾在某个咖啡店休息吃午餐，和善的咖啡店老板娘看到我的单车和行囊，问我：“为何要这样旅行？一个人是不是会很危险？天气又这样热，你不会辛苦吗？你是不是在比赛？这是不是你的兴趣？你很‘得空’，不用做工吗？”我只好用惯常的微笑回答她的疑惑。

离开吉隆坡继续沿着五号公路往北骑就来到了适耕庄（Sekinchan），这个我一直很想去却一直没有机会到访的地方。适耕庄是马来西亚的鱼米之乡，盛产稻米。歌手阿牛首张专辑封面上那片绿油油的稻田据说就是在适耕庄取景拍摄的。从那以后，适耕庄就在我心底留了个位置，准备有一天一定要亲自去感受那一片绿。

**当很多人说羡慕我此时此刻过着的旅行生活时，他们或许不知道，我其实也像他们一样在努力地生活着。我的单车旅行，就是我的生活，虽然我不需要看老板或上司的脸色，但我得看老天爷（天气）的脸色，顶着烈日或冒着风雨踩踏。虽然无需承受工作上的压力，却也得承受着自己对这趟旅行的期许，我日复一日朝九晚五面对的是未知，与你日复一日朝九晚五所要面对的重复工作，所需要付出的心力，或许也都是一样的。**

每当一个人骑着单车，遇见美丽的风景，好想与谁分享却没有人可以分享的时候，我就会试着用相机记录当下的心情。此刻正是个天空很蓝、白云朵朵、四下无人、在微风轻柔的安抚中一个人看着美丽辽阔的稻田景致的孤独时刻。田埂间长着几株小草，正随风摇曳，仿佛在诉说着那一年和野花爱恋的幸福时光。

## 不输热浪岛的度假胜地——邦咯岛

据说一对犀鸟若有一只死去，另一只绝不会苟且偷生或另觅新欢，而是在忧伤中绝食而亡，故犀鸟又被人们称为“钟情鸟”。为了揭开传闻中犀鸟的神秘面纱，我和德鲁二世（第二辆单车）从五号公路左转前往红土坎（Lumut）码头，在那搭上了前往邦咯岛（Pulau Pangkor）的渡轮。

邦咯岛的大名其实比热浪岛（Pulau Redang）或刁曼岛（Pulau Tioman）更早走进我的世界，我在很小的时候就听过它的大名，但后来热浪岛、刁曼岛、兰卡威（Pulau Langkawi）等岛屿的名气越来越大，邦咯岛就不再是人们第一个想要前往的岛屿了。就这样，邦咯岛慢慢地被时间所淹没，一直到今天我才有机会踏上这片土地。

邦咯岛其实不在五号公路旁边，从五号公路左转骑到红土坎码头后，还得搭渡轮约40分钟才能抵达。我一开始并不打算前往，但后来转念一想，反正都已经骑到了附近，也没有在赶时间要去哪里，何不利用这个机会去看看这闻名已久的度假岛屿呢？不然，下一回若要来，又不知道会是何年何月。

邦咯岛位于马来西亚霹雳州（Perak）西海岸，是马来西亚最早开发的度假海滩胜地。虽然如此，邦咯岛其实还保有它原始的渔村风情和美丽，并没有太多过度开发的痕迹。码头附近集中的市镇对我来说仍然散发着旧时代的气息，还是我喜欢的怀旧情调。岛上大部分居民都以捕鱼为生，小时候很爱吃的“沙丁鱼”就是这里的名产之一。相较于这里的海边和沙滩，邦咯岛更吸引我的其实是传闻中的犀鸟。犀鸟是一种奇特而珍贵的大型鸟类，头上长有一个叫做盔突的铜盔状的突起，就像犀牛的角一样，因而得名。幸运的人能在邦咯岛的电线杆和大树上看到它们美丽的大嘴和可爱的身影。

第二天一大早，为了寻找犀鸟的踪迹，自不量力的我骑着德鲁二世沿着20多公里长的环岛公路把邦咯岛环绕了一圈。没想到邦咯岛虽小，地形起伏变化却很大，沿途不少陡峭的斜坡路骑得我气喘吁吁、大汗淋漓，中间有好几小段路，由于斜坡太过陡峭，迫不得已还得下车走路把车推上斜坡，一面推的时候嘴里还不断嘀咕着，不是来度假的吗？何苦把自己搞到那么狼狈呢？！若早知道这环岛公路会是那么陡峭，我铁定是会乖乖地把德鲁二世留在房间里，改为步行就好。嘀咕完后也没办法，只能安慰自己，就当做是体能锻炼吧！毕竟未来要翻越的高山和面对的斜坡路，想必会比这里更多更辛苦。或许是我的喘息声和单车齿轮转动的声音惊动了它们，骑了一个上午，最后也未能看到半只犀鸟的踪影，无奈只好放弃寻找，回旅舍房间休息。

就在心里已准备明早带着未能看到钟情鸟的遗憾离开邦咯岛时，夕阳西下，我来到邦咯岛上某个制高点，等待拍摄落日的安静时刻，突然间犀鸟的叫声此起彼伏地在身后的树林间响起。此时，有好几只犀鸟在远远的树上出现了，它们庞大而略显笨重的可爱身躯在树梢间跳来跳去，好像在玩着两小无猜捉迷藏的游戏。我赶紧把镜头拉到最远的距离，捕捉下了它们的身影。

## 太平人沉稳慢活的生活步调

在邦咯岛休息了两天并很幸运地看到了犀鸟后，继续行程骑往90公里外的太平市（Taiping）。太平曾是霹雳州的首府，早期因锡矿而发展起来，是马来西亚最古老的市镇之一。由于太平的雨量比马来西亚其他地方多一倍，所以太平也被称作雨城。这里处处可见旧时代停留的岁月痕迹，保留着许多美丽的老建筑，散发着我喜欢的怀旧氛围。此外，还有太平人沉稳慢活的生活步调，当下便让我决定在这里多逗留几日，学学太平人怎么生活。

**不知不觉，单车旅行已过了一个月的光景。通常，沿途中若没有发现值得让我多停留几天的景致，夜宿旅舍后的隔日就会继续上路往北骑。就这样，每天骑着单车，经过一个又一个城市或乡镇，向不同的陌生人问路或交谈，吃着不同风味的食物，醒在不同的房间，感受不一样的生活氛围，过着的就是这样走走停停的日子。或许是居无定所久了，有时候若能遇上一处安逸的所在，比如太平这个宁静祥和的老城市，就会产生留在这里生活一段日子的冲动。**

从未到过太平的我，只听闻这里有个著名的太平湖，但这湖其实并未能引起我在此多住几天的兴致。原本打算只住一晚，隔日就直接骑往槟城，但时间仿佛在这里放慢了速度。我喜欢早上店家都还未开门做生意时，晨光投射到老建筑产生出阴影的时刻；喜欢一辆旧款的自行车上挂着一顶编织的帽子和一把雨伞，透露着雨城里生活的某些片段；喜欢生活在这里的人们开着门做生意的同时，还能专注地看着报纸的场景。太平人骑单车时沉稳而缓慢的轮转速度，以及走路那闲散的姿态，仿佛没有任何值得要赶时间去完成的事，生活得那么惬意。

我好奇着究竟是什么让时间愿意在此放慢脚步，是什么让太平人有着如此沉稳的慢活步调。我想，或许跟这里的每个人心底都有个宁静而美丽的太平湖有关。一个人来到太平湖漫步其间，你会发现这个马来西亚最早的湖滨公园拥有让人心旷神怡的翠绿湖光山色，人们可以任意地在公园里游走或运动，走累了还能席地而坐，在草地或石椅上赏莲看鱼，也能踩着天鹅船在湖面上随意漂流，或等待夕阳西下倦鸟归巢的美丽时刻。公园里一切的生活步调是如此的和谐自然，在这拥有太平湖的城镇里过生活，真的就不需要赶时间，只需有一颗宁静而沉稳的心，然后学着放慢自己的脚步，好好享受这一切的美好即可。

## 槟城——令人亲近之城

很久以前，在地理课本上，槟城（Penang）还叫做槟榔屿，那个时候的我，还不懂穿梭在巷弄小径的趣味，也不会欣赏和珍视老建筑的岁月伤痕，更不会寻觅隐藏在转角的咖啡馆消磨午后时光或流连在老字号美食和地道小吃之间。如果没有这次的单车旅行，我对槟城的记忆，或许就只能一直停留在小学六年级那年的毕业旅行。

当时还未完全发育的大脑，依稀只记得槟威大桥的壮观、海边夜市酸酸的叻沙（Laksa）、在蛇庙与蛇的近距离接触、在升旗山买迷你豆沙饼及在当年唯一的光大购物中心乱逛而已，槟城就一直以这些面貌停留在我的脑海中。

从太平骑了一百公里来到槟威大桥收费站，收费人员告诉我自行车不能骑上槟威大桥，得搭乘渡轮，我只好带着无法再次亲眼目睹槟威大桥的遗憾往回多骑一段冤枉路，来到前往槟城的渡轮码头。

仿佛是为了印证自己曾来过这里似的，在渡轮上望着远处已感觉不到壮观的槟威大桥时，心里头开始惦记的却是那海边夜市酸酸的叻沙，不知那档口现在是否还在？终于，顶着一身的疲累来到背包客聚集的爱情巷（Love Lane），入住了由老房子改装的便宜背包旅舍。为了能慢慢欣赏和回味这久违的城市，我决定在这里休息停留一周。

槟城是一个让人很容易亲近而爱上的城市。从晨光照射在老建筑上折射出的光影到斑驳的墙面，从姓氏桥水上人家的纯朴风情到海边傍晚斜阳下偶遇忘我戏水的两兄弟，从三轮车夫的背影到忙碌的推车小贩，一切都使我觉得槟城在迈向城市文明的过程中，仍保有着过往历史与人文气质，与太平的宁静祥和比起来，这里仿佛又多了些活力与朝气。

在槟城休息的这一周里，我没有再去蛇庙，也没有到升旗山上买豆沙饼，但唯独念念不忘的只有那海边夜市的槟城叻沙。于是，我来到了海边夜市，试图想要对照当年的记忆。当年并不记得这夜市叫“新关仔角”，如今看来这夜市全然是陌生的，早已不是记忆中的那个海边夜市。虽然发现了卖槟城叻沙的档口，却再也唤不回想吃的食欲。所以，最后还是选择把记忆定格在过往的美好里。

## 兰卡威考验我随遇而安的能力

原本不打算在亚罗士打（Alor Setar）多做停留，想在休息后第二天直接骑往49公里外的泰国南部边境。无奈计划赶不上变化，连续三日下雨引发洪水暴涨，造成马来西亚北部与泰国南部多个低洼地区及合艾（Hat Yai）市区淹大水，阻断了前往泰南边境城市合艾市的道路，出入境关卡也被迫暂时关闭。于是只好被迫在亚罗士打等待着天气好转，所幸我是在亚罗士打市区内，雨势逐渐趋缓，除了某些路面有少部分积水外尚未出现严重的淹水情况。面对如此无奈的突发情况，当然得发挥随遇而安的精神，心底盘算着反正都要等，不如先到不远处的外岛兰卡威（Langkawi）一边等一边度个小假。隔日我便来到了码头，再次搭上渡轮来到了兰卡威。

在兰卡威待了一周，一边度假一边留意泰国南部灾区的报道。得知天气已逐渐好转、关卡重新开放后，我便准备离开兰卡威回到亚罗士打，隔天前往泰国。在兰卡威的最后一天，我坐在树荫下的木凳子上，若有所思地望着大海吹着海风时心里想着，究竟这计划外的兰卡威之行要教会我些什么事呢？

我想或许是老天爷在考验我随遇而安的能力吧！就在此时，突然收到了姐姐传来的问候简讯。不知为何姐姐结尾一句简单的“I miss you”（我想念你）就让我感动得想要哭，但最终没有落下泪来，因为我知道真正的旅程其实还尚未开始，接下来还有好长一段路，还有许多未知的考验及无数个寂寞和想念的夜晚在前面等待着我。

从兰卡威回到一周前住过的便宜旅舍，才知道上天对我的厚爱与眷顾。从旅舍老板那里得知，就在我出发去兰卡威后的隔天，亚罗士打市区也严重淹水了，水淹到小腿的高度，无法做生意，住客也整整三天无法洗澡。在马来西亚骑单车流浪的日子，就这样在庆幸自己很幸运的情况下走到了尾声。

被世人称作
微笑的国度

# 泰　国

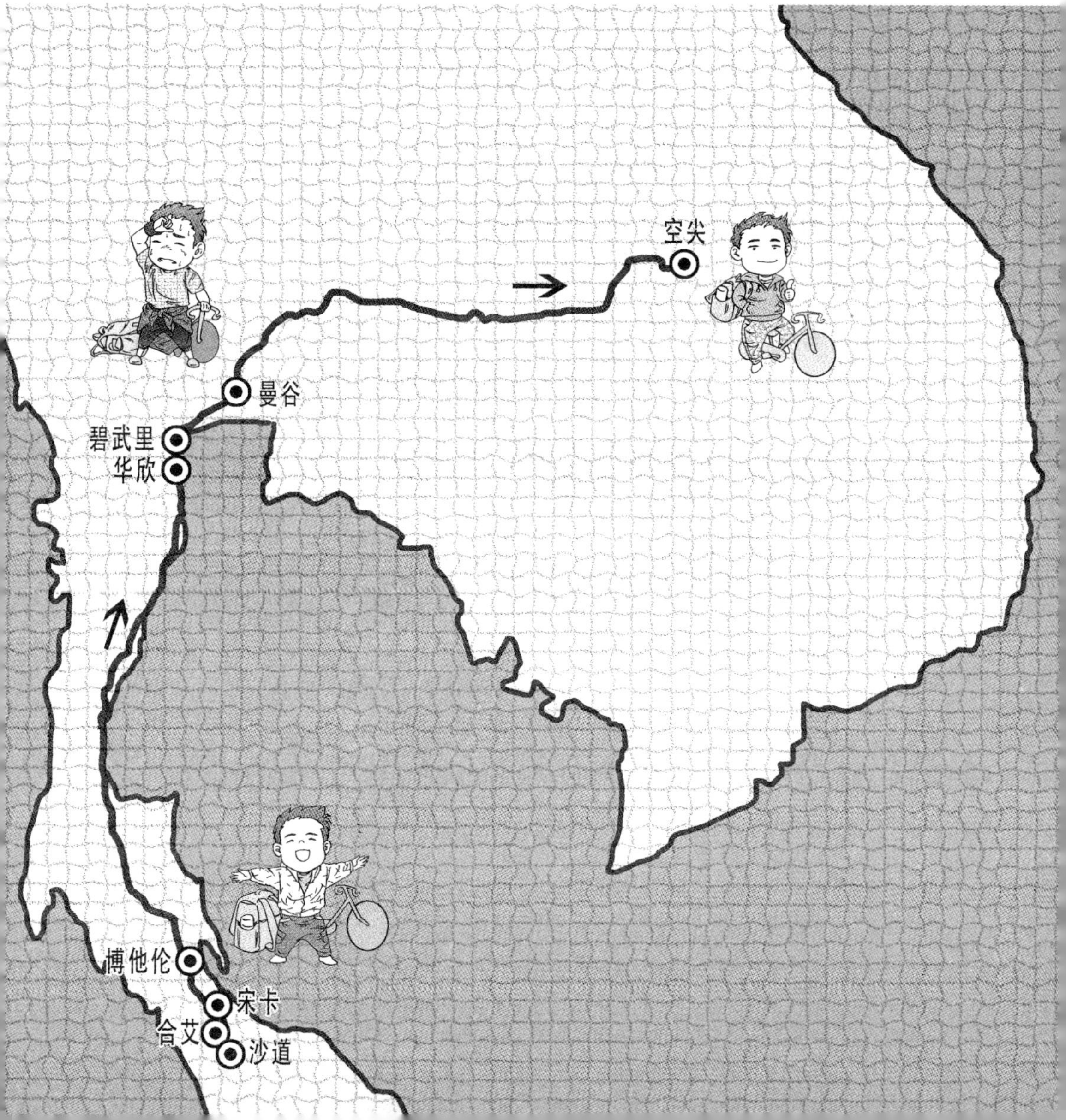

轮转的风景告诉我

每一天都是新的开始

昨日的艰辛

就像轻柔的风和路过的浮云

转瞬即逝

没有翅膀，我的心却是飞翔的

虽然寂寞，我的心灵却是富足的

## 泰国第一天的鸡同鸭讲

自2010年9月24日从新加坡开始单车旅行以来，沿着马来西亚西海岸五号公路往北骑，经过50天后，我来到了泰国与马来西亚的边境小镇沙道（Sadao）。完全不会泰语的我，在泰国的第一天难免会碰上鸡同鸭讲的窘况，不过这对我来说也正是旅行的乐趣所在。面对全然陌生的语言环境，当务之急得赶紧练会一些经常用到的单词。除了“你好”（三碗猪脚，闽南语发音）和“谢谢”外，我对泰语可说是一窍不通。单靠肢体语言比画也不是办法，为了节省时间，避免鸡同鸭讲的情况一再发生，我特意在比手划脚询问便宜旅舍时，等对方说出该单词后把它记下来。此外，若遇到会英文的泰国人，我也会马上向他请教我需要用到的单词发音。其中我最常用的单词是旅馆、多少钱、厕所、荷包蛋、炒饭、冰块、贵、便宜及数字等。基本上只要学会这些单词，就可以在泰国安稳舒服地骑着单车，通行无阻了。

离开沙道小镇，骑往55公里外的泰国南部第一大城合艾市。由于邻近马来西亚，所以这里仍随处可见马来人、印度人和华人。据说合艾市也是全泰国华人人口最多的城市，游走在合艾街头，举头四望随处可见亲切熟悉的中文招牌，所以这里不用比手划脚，说中文也能通。合艾距离首都曼谷还有一千公里，第一次来到泰国南部的大城市，首先迎接我的却是一片狼藉的合艾市容。原来洪水才刚刚退去几天，全民还在忙着清理和善后工作。人们把因为水患而造成的大量垃圾成堆成堆地堆在马路边，多到清理人员都来不及运走。店家们忙着清洗店面、商场、服装店和鞋店等，在门口拍卖着泡过水但已清洗过的商品，由于价格便宜，还能吸引许多人前去抢购，可以想象三天前这里洪水肆虐的惨况，合艾市人民还需要些许时间处理洪水造成的伤痕。

夕阳西下，我一个人在复杂交错的电线杆下吃着猪脚饭当晚餐。一个人单车旅行，其实没有想象中那么困难，或许要学会的只是与自己独处，练习和寂寞做朋友。休息日在合艾市区里四处溜达，走着走着来到了火车站，意外发现这里的站台原来无需购票就可以自由进出。此刻，一辆蓝白相间的旧式老火车从远处缓缓进站，立刻吸引了我的目光，在光影的衬托下，隐约透露着这里人们的生活状况。

**我的单车旅行生活，虽然还没有经历过什么高潮迭起的剧情，但却也看到了各地人们不同的生活面貌，进而开阔了自己的视野，也让我更谦卑地了解到：每个生命的存在，没有高低贵贱，也没有谁比谁优越，每个人的生活，都有其存在的意义。**

## 不靠谱的iPhone地图指示

从泰国的宋卡（Songkhal）骑往博他伦（Phatthaluang）的途中，我又再次听信了iPhonc地图的指示，骑进了四周仅有荒烟蔓草的迷途风景里。因为迷路，我看到了不一样的风景，也开始相信上天要我经历的每一段路都有它的意义。如果没有今日的迷路，或许我不会知道面对迷途时的我，究竟是胆怯的还是勇敢的，还是其实什么也不是，只是一个硬着头皮、依赖科技不用脑前进的笨蛋而已。

跟昨日只是骑了36公里就能抵达宋卡的轻松相比，今天骑往博他伦124公里的路程就显得格外漫长。于是当iPhone地图指示有捷径可走时，我便贪图近路而骑入了迷途风景中。这是一条当地农民在田埂间开辟的泥石路便道，沿路因为下过雨而开始积水。骑进田埂间后十分钟便开始进入一片荒凉没有任何人烟的地带，也看不见任何农家的屋子。凹凸不平的泥石路上铺满大小不一的碎石头，考验着单车德鲁二世的避震能力。同时也让我开始担心，昨天才换过的新轮胎会不会抵挡不了石头的猛烈冲击而再度爆胎。

就在我开始考虑是否要放弃、骑回到马路时，身后传来了一辆机车的声音，我赶紧停下向老农问路。他说着我听不懂的泰语，然后点了点头往前路的方向指着。我看着老农的机车逐渐消失在前方，心想既然有人经过，应该是可以继续往前骑的路，于是不管三七二十一硬着头皮，在积水又不平坦的泥石路上继续困难地前进。大约又骑了二十分钟，看见前面不远处稍高的地段上有条石桥可以通过。正当骑到近前准备过桥时才赫然发现，这是一条尚未修好的断桥，中间还留着一大段空隙。放眼望去四周尽是一片荒野，除了一些不知道通往何处的田埂小路外，已经没有其他像样的路可走，而刚才那老农民早已经不知去向，也再没有任何人经过可以问路。于是只好乖乖地打道回府，按来时道路往回骑，回到有车子往来的主要道路上。

这次的迷路教训又让我体会了一些事。面对陌生国度，人生地不熟的我下回最好乖乖地在有车辆往来的主要道路骑行，勿再一意孤行自以为聪明贪图捷径。这一次要不是途中断桥及时出现，阻碍了前进的路，或许我的执著还会让我一直身陷在迷途中走不出去。不过这回迷路还多了一份闲情，让我拿起相机拍下这迷路的风景。**这份处之泰然的迷路姿态，或许就是上回在吉隆坡迷路后的最大收获。**

## 森林里的美丽意外

窗外下着毛毛雨，放眼望去有棵孤独的树，对应着窗口里孤单的我的身影，树仿佛在呢喃着寂寞的歌，阴霾的云里，仿佛暗藏着挥之不去的思念。2010年11月30日的早晨，我身处在一个隐秘山林里的度假小木屋，从窗口望出去，便是这片美丽的意外风景。

昨晚若不是有大叔带路，我自己绝对不会来到这个隐秘在树林里的度假村，就算知道有这度假木屋的存在，它也不会成为我路过歇息的第一选择。一般我会选择住在人气旺的城镇里，这样买水和吃东西也比较方便，但是昨天迂回的山路让我无法骑得太快并在天黑前骑到计划停留歇息的城镇。为了安全起见，我询问在大马路边遇见的一位当地大叔附近是否有旅馆可以留宿，结果这一问，开着吉普车的大叔说，有一个便宜的度假村就在附近，而且他愿意开车带路。

就这样，我跟着大叔的车往度假村骑去。没想到，越骑越往山里面走，越骑越觉得不安，在骑了1公里后，我便停下来再次与大叔确认，若度假村太贵或太远并且还有很多上坡路，我便不想住了。毕竟已经骑了一整天的山路，我已经没有多余的力气再骑山路。只会一点简单英文的大叔说，这度假村不贵，约200泰铢（约合人民币40元），并以“就快到了”来安抚我的焦虑。我心想这大叔也不像是坏人，既然已经骑了1公里，那就继续往里面骑吧！万一太贵就叫大叔载我返回大路再另想办法，大不了就自己在加油站旁搭帐篷。于是又继续在山里的碎石子小路上骑了2公里，沿途在高低起伏的碎石路上上下颠簸，还被野狗追赶，最后穿过了一个橡胶园，才终于来到了这个隐秘山林中的度假村，不禁让人有柳暗花明的感觉。

我的小木屋外有个湖，旁边傍着一座小山，由于入住时天色已暗，所以暂时无法分辨这依山傍水的意外景色是否动人。夜晚，窗外正伴着虫鸣，夜空正点着繁星。如此宁静寂寞的夜里，我思索着旅行至今的际遇，今天骑这样的山路，究竟要带给我的是什么？这个旅程给予我的又会是什么？或许是考验我对陌生人的信任程度，又或许是考验我能够承担的恐惧程度，思索良久似乎没有找到答案。

一转眼已经度过2个月骑单车旅行的生活。每天，太阳升起时出发，夕阳西下时抵达一个又一个陌生的城镇，如此这般规律地一边生活一边旅行着。当路过的风景持续不断地轮转变幻时，或骑行在单调没有风景的路上时，很容易静下心来想着自己的人生，想着未来和现在。有时候我会问自己，究竟哪一个风景才是最爱？也唯有在这样的时刻，可以对自己更诚实一些，有时候，我会贪婪地说：下一个；有时又会后悔地说：从前的那个；但更多的时候，我会知足地说，是当下眼前所拥有的这一个。

每当看到让我停下脚步、拿起相机按下快门的风景的那一刻，我都会思索，这偶然路过的风景，多年后又是否还会记得？除了自己又有谁会珍惜？

**这短暂的漂流岁月中不断轮转着的风景告诉了我：每一天都会是新的开始，无论昨日有多艰辛，流了多少汗水，都只会像是轻柔的风、路过的浮云，稍纵即逝。此时此刻，我虽然没有翅膀，心却是飞翔的；虽然寂寞，心灵却是富足的。**

## Yai Ya Hua Hin度假村的意外招待

为了节省旅行开支，一般抵达城镇后我都会选择比较便宜的旅舍或青年旅馆留宿，沿途若经过美丽的度假村或五星级酒店，我也只有望门兴叹的份。但此刻我和德鲁二世却身在一个精致、宽敞、舒适，样样俱全的度假大套房里，偌大的阳台外就是度假村的全景、私人沙滩和无敌海景，感觉就像做梦一般。

这是旅行至今最不可思议的夜晚，经过111公里的长时间骑行，抵达Yai Ya Hua Hin度假村时已经是晚上8点多。就在几天前，我在iPhone里下载了一款名为“Top50 Thailand Amazing Experience”的应用程序，程序里介绍了50个在泰国旅游的难忘体验，其中就介绍了Yai Ya Hua Hin度假村。而距离曼谷约200公里的华欣（Hua Hin），刚好就是我接下来前往曼谷时要经过的海滨度假胜地。于是心想，上天让我突然知道有这个度假村的存在，一定有它的理由，既然如此，不如写封电邮给度假村碰碰运气。电邮中我分享了单车骑行到伦敦的计划，并试着询问是否愿意提供3天2夜的免费食宿。没想到隔天就收到了度假村老板娘的回复，答应免费提供食宿招待。抵达度假村时，热情的老板娘和她的儿子还出来迎接及招待我，并为我准备了鲑鱼沙拉、面包及墨鱼汁培根面当晚餐，真是让我受宠若惊。今晚，终于可以非常舒服地睡上一个好觉了。

一夜好眠。当清晨的日光透过落地玻璃窗照进房间，照出停放在阳台上的德鲁二世的影子时，我拿起了相机，把这一刻记录下来，然后回到被窝里睡回笼觉。还好这一切不是梦，今天可以在度假村里继续好好地放松休息。华欣是泰国最早的海滩度假胜地，紧临泰国湾的先天地理环境优势使华欣从19世纪开始就一直深受泰国皇室的青睐，并在此修建了避暑行宫。由于这里是距离泰国首都曼谷最近的海滨度假胜地，所以也吸引了许多泰国人及各国游客利用周末假日，从曼谷坐上3个小时的车前来华欣度个小假。星级酒店和豪华度假村也在这里如雨后春笋般越盖越多，昔日的小渔村俨然变成一个海滨城市。

2008年年底开幕至今的Yai Ya度假村，规模其实不大，分别有29间房间及11间独栋别墅，属于SLH（Small Luxury Hotels）的一员。度假村的建筑呈现简约、精致却不失传统的风格，犹如小型博物馆的入口大厅同时展出和售卖各类收藏艺术品，令人津津乐道、印象深刻。谁说单车旅行只能住在便宜旅舍或搭帐篷？因为一封电邮，我的单车旅行自此也多了些不一样的色彩，由衷感谢度假村老板娘Mrs. Duangruedee Rochannakorn对我这趟旅程的支持。吃完丰盛的早餐，我一个人在度假村里四处闲逛，私人沙滩上只有我行走过的足迹，留恋无人沙滩里的悠闲，什么都不做、什么也不想的自我放空与沉淀，享受着这有钱人才过得起的短暂奢华旅游生活。

## 清一清两个多月来累积的尘土

离开了Yai Ya度假村，继续向189公里外的曼谷前进，经过66公里的骑乘抵达历史旧城碧武里（Phetchaburi）休息。碧武里距离泰国首都曼谷约123公里，预计再骑一天就能抵达，但我并不急着去曼谷，所以决定在这历史老城多待一天。每一个经过的城镇，其实都有它自己的特色与味道，若现在经过时不顺便停留看一看，以后也不知道什么时候会再经过这里，所以今天就决定提早休息找旅舍过夜。从豪华的度假套房打回原形，入住便宜的背包客旅舍，按照惯例洗去一身疲累后便外出用餐，顺便熟悉这陌生的城镇。漫步在大街上时，心似乎还遗留在度假村的沙滩躺椅上。心里盘算着抵达曼谷后要休骑一周，好好调整和沉淀心情的同时，也得帮德鲁二世清一清两个多月来累积的尘土，添购备胎等装备，处理延长泰国旅游签证等事宜。待一切重新整装后，再继续向老挝前进。

自从开始骑脚踏车旅行，我就开始很重视早餐要吃些什么、在什么环境下吃。因为早餐吃得好不好，吃得是否太匆忙，都会影响一整天骑车的心情。今日早餐在入住的便宜背包客旅舍（Rabieng Guesthouse）所开设的餐厅里解决。这是一间由老房子所改成的河岸餐厅，我选坐在窗口位置，从黑褐色的木质窗外望出去便是一条缓缓流动的墨绿色河流，早晨还不算太猛烈的阳光投射在餐桌和我的身体上，温暖柔和的光线，让主人家的猫也舒适地睡起了回笼觉。

我一边望着窗外的风景，一边缓慢地吃喝着可口的美式早餐和橙汁冰沙，餐厅播放着卡朋特兄妹等人唱的英文老歌，某些熟悉的旋律也会牵动起某些想念的情绪。此时此刻，一切的人和事物都很适当及恰如其分地在自己的位置上生活运转着，当然也包括此刻的我，安静地倾听自己的内心。思绪就像睡回笼觉的猫一样，就算天塌下来，也一样沉着稳定，而心情则如缓缓流动的河流一般，怡然自得、不疾不徐地流经它的所到之处。

## 重游曼谷，老太太还记得我

三年前我以泰国首都曼谷为起点，展开了生命中的第一次单车旅行。三年后，我终于又再次来到了曼谷，对我来说就像征战完成了第一个阶段的里程碑似的，于是决定在曼谷休息一阵子，并想好好再认识曼谷这个城市，重新整装后再继续上路。曼谷依旧是个活力十足的城市，而且感觉游客也越来越多。三年未见，一骑进市中心就发现一些旅游景点的马路上已经设有了单车专用道。

我循着记忆骑回曾经住过的旅舍Apple Guesthouse，但却客满了。昨晚我还特别找出三年前第一次单车旅行出发前和旅舍老板娘合拍的照片放到手机里，以作为与老太太相认的证据。很高兴也很意外老太太还记得我，叫我先将就在客厅沙发度过一晚，等明天一有床位就入住。不过，我谢绝了老太太的好意，并请她预留明天的床位给我。因为骑了一整天的车，非常需要好好休息。于是我另外找了一家舒适的旅舍住下，等第二天再搬过去。

Apple Guesthouse是三年前第一次单车旅行的行前基地。当时我在曼谷购买脚踏车和所需装备，一共在这里度过了20天。由于这里的通铺（Dorm Room）一个床位只需80泰铢（约合人民币16元），经济实惠的价格让它深受许多像我这类旅费有限的单车客的欢迎，并且在这里很容易遇到单车旅行爱好者并与他们交换路线和情报。

回到曾经熟悉的房间，宛如昨日重现；睡回同一张床，从窗口望出去，也好像是同样的一片天空。回想三年前的心情，和三年后此刻的心情相比，发现当年所在乎和执著的事似乎早已经重新洗牌，自己对于骑自行车旅行的心态也完全不同了，少了对无常的执著，多了随遇而安的自信，但不变的是，我还是不得已地被时间催促着赶快长大。停留曼谷的第二天，我把德鲁二世身上的尘土洗干净后，也把自己从头到脚、由里到外彻底清洁修理了一番，去了旧式的理发店剪了头发，修掉留得过长的胡子和指甲，然后又做了个全身精油按摩，调整筋骨，让自己由内到外焕然一新，准备下周向老挝挺进。

## 泰国妓女户过夜

去年你的平安夜是怎样的面貌？圣诞火鸡大餐外加树桐蛋糕？与家人的欢声笑语，与好友们不断上扬着的嘴角？热闹的圣诞歌曲环绕耳际？还是流连在七彩霓虹闪烁人挤人的街头，感受圣诞气氛？但这些都不属于我。

2010年的平安夜，晚上6：38分，我在等待着带我到妓女户住宿的大叔送来的圣诞大餐，蛋炒饭加荷包蛋及一瓶可乐。这个大门深锁、门外也没有挂任何招牌的妓女户，若不是熟识的人带路，绝对无法从外观来判断原来里面是可供人休息或过夜的地方。由于已入夜，而这小镇并没有其他可住宿的旅舍，所以今晚只好勉强在这妓女户住下，大叔临走前还不死心地又再问了我一回，今晚是否需要小姐？

这里四周没有餐厅，距离稍微有人气的小镇闹区还得走2公里的路，所以梳洗完毕后，我就待在房里躺在床上，一边记录此刻的心情，一边等待晚餐。平安夜，我或许将听着隔壁房的呻吟声，缓缓睡去。

圣诞节早晨7点，我赶紧离开了妓女户继续赶路，昨夜虽然没听到任何呻吟声，但取而代之的是妓女们唱了一整夜的卡拉OK，所以同样睡得并不安稳。还记得2007年的圣诞节，我在越南骑着单车，在沙坝（sapa）呼吸着寒冷的空气迎接新年的到来；今年的圣诞节我则在泰国东北部的呟叻（Korat）顶着烈日赶路，对抗着的不是身体上的疲累，而是对家人的想念。这条路或许很难走，但我会用我全部的勇敢努力走完。

骑了近100公里，终于抵达空尖（Chong Mek）这个位于泰国东北部与老挝南部的边境小镇。老挝是我第一次单车旅行的伤心之地，我的钱包和相机在那里被窃，再次来到老挝，或许有种在哪里跌倒，就从哪里爬起来的象征意义。

数数日子，从9月24日出发至今已3个多月，时间总是飞快得让我不知所措，许多遭遇还来不及沉淀就已被新的际遇覆盖。但我会记得在接近老挝边境的路上所遇见的美丽景致，那是几棵散落在沙州上孤独而美丽的树，为泰国骑行的最后一天画上了一个完美的句点。

整体来说，在泰国骑单车是舒服的，泰国人的友善和体贴让我印象很深刻。就拿去单车店买备胎为例，当老板知道我要骑去伦敦后，马上主动帮我把德鲁二世检查了一遍，并把松掉的螺丝拴紧，一一上油润滑。还有经常遇到的加油站附设的Amazon咖啡馆，柜台小姐见我汗流浃背地走进来，二话不说就先给我递上一杯冰开水，或许这是“帅哥”才有的福利吧！

一个让人感觉时间
停顿的地方

# 老 挝

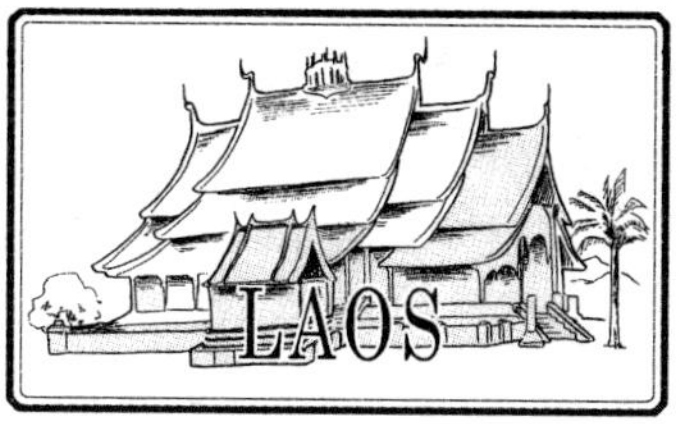


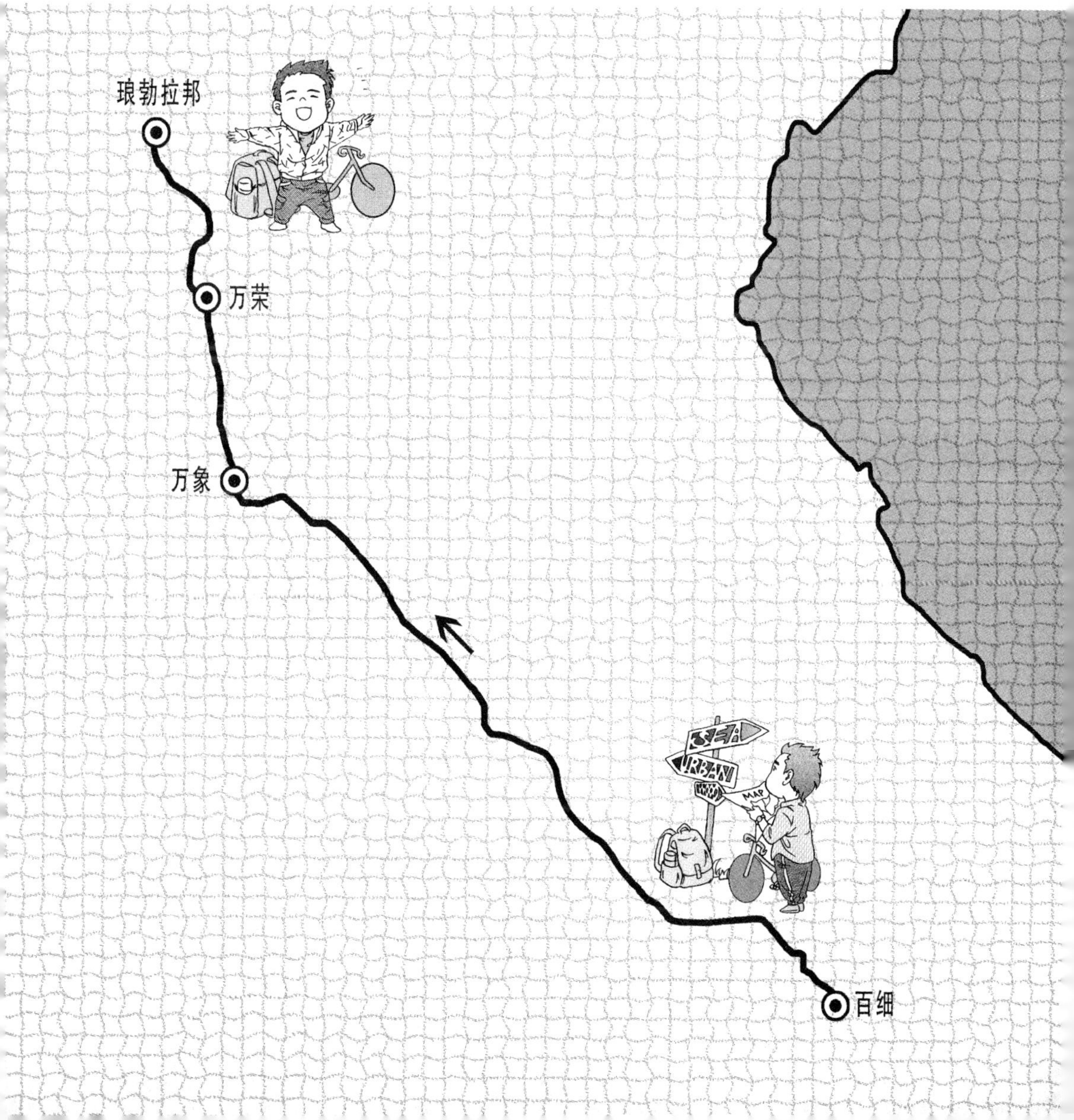

单车旅行丰富着我的生命
让我变成想要成为的自己
一边旅行，一边生活
保持谦卑，坚持前进
看命运要带我到何处
遇上哪些人，经历什么事

## 单车游子眼中的美丽国度

2010年的最后一天，我在老挝（Laos）南部的第三大城市百细（Pakse）迎接新年的到来。为了不想一个人倍感凄凉地迎接新年，同时也为了好好款待自己的胃，我买了某家星级酒店的迎新舞会自助餐券，与来自世界各地的游人一同迎接2011年的到来，同时还参加了老挝当地传统的新年祈福仪式。当主持仪式的老者用老挝语说着祝福的话语，并在我右手腕系上代表祝福的幸运绳时，我知道2011年将会是非常愉快和幸运的一年。

2011年的一开始，我在这属于单车游子的美丽国度骑行，继续追梦。昨天一踏进老挝的土地，最先要适应的是骑车位置的变化，从一直以来的靠右变成了靠左。另外，要适应的还有得沿路点头、微笑及挥手示意友好。因为这里无论是大人、老人还是小孩，都喜欢对单车旅人挥手及大声地呐喊着Sabaidee（老挝语“你好”之意），若不响应，小孩们会一直呐喊到看见你响应为止。小孩们纯真可爱的笑容，也一直让我有股拿出相机的冲动，所以在老挝骑行经常是走走停停，相较于泰国比较落后的老挝，或者应该说还未被现代文明污染太多的老挝，这里许多风景还保留着原始自然的美丽。百细虽然是老挝的第三大城市，但却都还没有便利商店或快餐连锁店入侵，这也是深受快餐之毒的我需要赶快适应的。

来到这个生活步调缓慢而悠闲的城市，最喜欢在夕阳西下时来到细东河畔（Se Don River）点上一瓶老挝啤酒Beerlao对着落日畅饮，一种简单的快乐和幸福感就会随着酒精贯穿全身每一个神经。一个人单车旅行的过程有时的确是辛苦的，所以我都尽量不因为省钱而亏待自己。虽然没有到每天奢华地大吃大喝的地步，但也不至于天天啃面包饿肚皮，能享受的时刻，我都会尽情地享受，啤酒、薯片、花生也很少会在枕头边缺席。另外，按摩场所更是有机会就报到的地方，因为在老挝会比在泰国按摩更加便宜。

很多人羡慕我此刻在过着的生活，可以无需看老板的脸色，没有工作压力，没有时间限制，自由自在地旅行，还可以每天面对新的人、事、物，感受沿途的美丽景致，结交四海的朋友。或许大多数人只想到这些美好的一面，却无法体会单车旅行生活其实也只是一种生活，一种和大家一样，也需要很多自律、勇气和努力。

这一路走来认识了许多朋友，他们大多都羡慕我现在过的生活，但他们大多或许只看见了我悠闲惬意地喝着啤酒看日落的时刻，却没看见我顶着烈日冒着风雨赶路时的狼狈；他们或许羡慕我不用看老板或上司的脸色，却不知道我在面对老天爷变化无常的天气时，脸上的无奈；他们还羡慕我没有工作压力，能自由自在地旅行，却不知道我自己给这次旅行的期许，面对旅费来源时的压力等也常常压得我无法喘息。大家日复一日要面对的或许是重复，而我日复一日面对的却是未知，所需要付出的心力绝不会更少。大家其实也无需羡慕我，你我当下能拥有的生活，都是最好的生活。

## 承载梦想的 13 号公路

为何老挝会被称为单车游子的天堂？这条寂静的13号公路或许就是答案之一。这条从百细通往老挝首都万象（Vientiane）长达670公里的寂静公路上，久久才会有一辆车与你擦身而过，几乎不用担心往来车辆，最适合一边骑单车一边听歌，然后歇斯底里地大声合唱，遇上触动心弦的旋律时，任眼泪混着汗水静静地滑落。

连续度假一周后，终于正式上路离开百细，骑往670公里外的首都万象。这条老挝13号公路承载着许多单车游子的梦，每天骑在公路上都会和来自世界各国的单车游子擦身而过。在马来西亚和泰国骑单车旅行几个月下来，几乎从未遇上同道中人，然而在老挝每天都能遇上好几个热血骑士。大多数彼此做个手势打声招呼就算了，但也有一些会愿意特别停下彼此交流，询问来自何处和要骑往哪里等，谈得投缘的还会交换电邮及拍照留念。

来自意大利的Enrico就是其中之一。他一个人从意大利开始环球旅行，骑到老挝已花了9个月，目的地是印度尼西亚。还有个来自比利时、60岁高龄的老先生，他说他每天得对抗不听话的脚痛，所以不能骑太远，骑40或50公里就得找地方休息，虽然缓慢但也能慢慢地朝目标泰国前进，让人由衷佩服。

由于大多遇见的同好都来自欧美地区，因此当我在路上与来自中国海南岛的沈朝壮相遇时，我们便停在路边的小商店休息，一边喝着汽水一边用中文畅快地聊天，一聊就是2个小时。他买了便宜的廉价机票，带着一辆便宜的登山车来到了马来西亚开始旅程，目标是要骑回故乡青岛。遇见这么多人在路上，以相同的方式朝向自己的梦想前进，不禁让人信心大增，圆梦的血液又再度燃烧了起来。

你问我为何要去流浪？为了听从心底的声音，完成自己想做的事。要到什么地方？到任何想去的远方。一个人不会怕吗？不怕。会不会寂寞？当然会。会不会想家？你说呢？不同的人，分别在不同的时间、地点，对我提出了相同的疑问。我重复回答着相同答案的同时，也在努力地坚定着自己所选择过的生活。一个人在老挝喝Beerlao啤酒的时候，已逐渐习惯一次喝下一整瓶640毫升，喝完时酒精造成的微醺让人感觉很舒服很温暖。需要温暖的时候，虽然身边无人能给我拥抱，但也逐渐习惯用双手环抱着臂膀自我取暖。

## 童话里编织的梦想

沿着13号公路从百细骑了9天后，终于抵达老挝的首都万象。3年前，我在这里泪眼相送陪伴了我4个多月的德鲁一世（第一辆单车），以200美金的价格转让给了Sri Guesthouse的老板Air。依循着模糊的记忆来到旅舍，与德鲁重逢的时刻，心底说着：好久不见！德鲁。答应过你会回来看你的。我回来看你了。

过去的这些年德鲁一世被当成游人的出租单车，在万象街头与巷弄间穿梭游走，如今它已经是部残破得被人嫌弃不好骑的单车，因此很少被游人选中而被搁置在角落。面对德鲁此刻的不堪，我竟不愿正视它。这才不是我的德鲁！这不是当年那辆陪了我4个月，骑过泰国、柬埔寨、越南和老挝的德鲁！如果德鲁会说话，它会不会责怪我把它留在这里？面对德鲁一世，心底竟有说不出的难过。

后来难过渐渐被碧妮学妹带来的欢笑取代，她是我台湾政大的学妹，也是我在新加坡三角六十度电视节目制作公司时期的同事。在脸书上得知我抵达万象后，刚好在邻国柬埔寨独自背包旅游的她便特地坐了夜班车来到万象探望我。住在马来西亚峇株巴辖（Batu Pahat）的学妹在我骑单车经过时，不但请我吃了一顿饭，还复印了一堆《孤独星球》（*Lonely Planet*）上推荐的便宜住宿信息给我。没想到事隔才三个多月，我们又在异地重逢了。度过了许多个寂寞的日子后，他乡遇故知当然让人格外开心，喝着Beerlao、吃着椒盐烤鱼时，能有人一同分享也特别美味，如今回想这几天学妹所带来的欢声笑语，总还能让人发出会心的微笑。

旅舍老板Air知道我喜欢摄影，在他的心底有一处他认为还没有被城市发展淹没、最美的万象风景：一群小和尚在田野的乡间小路上骑单车上学。隔天在Air的带领下，学妹骑上了德鲁一世，我骑着德鲁二世，向23公里外的万象郊区骑去，在乡间田野间等待小和尚上学。后来发现所谓最美的风景，其实不是当时所等待的小和尚上学，而是学妹与我以及德鲁与德鲁二世在那一片绿油油的稻田海所定格的美丽时光。碧妮学妹，谢谢你来探望我，继续给我鼓励和打气。你说我活在童话里，而自己则是活在理想中。但对我来说其实都是我们为自己编织的梦，都该值得庆幸，我们都还有筑梦和逐梦的勇气。

## 邮轮漂流记

继上回在泰国华欣获得度假村的免费招待后，我又再次获得了招待。在老挝南部的百细，我搭上了古色古香的“Vat Phou”邮轮，沿着湄公河下游顺流而下展开了三天两夜的漂流行程。这艘湄公河度假邮轮（Vat Phou Cruise）的前身原是一艘运送柚木往返万象和老挝南部的渡轮，1993年经过重新翻修后，被打造成为一艘集合了12间包含卫浴设备及冷气的客房和一家提供老挝、越南及泰式料理的餐厅和酒吧的度假邮轮。然而，今天在这艘游轮上只有我和一对来自德国的夫妻，所以你可以想象，在邮轮上15个服务人员，却只需服务我们三个人那种无微不至的情况了。

入夜昏黄的灯光下只剩下我一人，其他人都已经回到房间里休息，刚刚大家就像一家人一样，开心地吃着丰盛的邮轮晚餐。经过这两天的相处已变得比较熟悉，德国夫妇甚至提出邀请，若以后经过德国可到他们的豪宅做客。虽然只是萍水相逢，但总觉得这是十年才能修得同船渡的缘分，当中或许有些什么原因才让我遇上他们。船身顺着河道缓缓地顺流而下，我躺坐在露台的沙发上，手里握着一杯调酒，回味着这几天丰富多彩的行程。我们沿途参观了Khone Pha Pheng大瀑布、四千岛（Si Phan Don）等著名旅游景点，尽收自然壮阔的原始美景，还走进了鲜少游客能探访的纯朴渔村Ban Deua Tiau，与可爱纯朴的小孩近距离接触。他们对我们这群不速之客充满好奇，时而微笑时而疑惑的表情让人无法不疼爱，生活在原始的大自然给了他们最纯净无瑕的心灵。最后一天的重头戏是参观世界文化遗产古迹瓦普寺（Vat Phu）。去往瓦普寺遗址里唯一保存完整的佛殿需要沿着石阶一步一步往上走，石阶两旁种有老挝的国花——缅栀（鸡蛋花），徐徐微风中飘着淡淡的花香，让人心旷神怡。随着石阶越爬越高，景色也更加开阔，到最上层还可俯瞰山下遗址全貌和湄公河平原的壮阔全景。

这趟邮轮之旅就像是个让人不愿醒来的美梦。我还清楚记得清晨醒来第一道从窗口缝隙照射进来的晨光，以及原始渔村小女孩好奇而美丽的眼睛。当初若不是执意出走，或许我就无法看到这触动我心的眼，并写下感性的文字。单车旅行一直在丰富着我的生命，让我变成那个想要成为的自己。以前的我会担心及害怕，一直这样幸福顺利的旅行中那突然出现的不幸或万一，而现在的我已经不再害怕那万一的出现，也不执著或害怕失去现在的幸福。

因为确实已经拥有过许多美丽的幸福时光，在没有遗憾地过着自己想过的人生。所以，哪天若万一或不幸来临也能带着微笑潇洒地面对结束，一直在爱着我的家人和各位朋友们，记得到时候也要微笑着与我道别。

## 一封邮件获生态度假村免费接待

因为计划常常赶不上变化，所以我的单车旅行时常随着际遇改变来决定下一步怎么走和要去往哪里。刚刚才从湄公河邮轮度假归来，正准备离开百细骑往老挝首都万象，却收到了Kingfisher

Ecolodge生态度假村愿意招待的回复电邮，今年果然大走好运！

此刻的我已身在一栋由木头打造的独立式高脚屋度假别墅里。在宽敞舒适的房间外还有个大阳台和吊床，躺在吊床上望出去的视野是一整片原始湿地，一只才刚出生不久的小象和牛群正在津津有味地吃着草，还有许多白鹭在天空中飞来飞去，四周一片祥和，和早上骑来度假村路上的狼狈以及心有余悸形成了强烈的对比。

这是自新加坡出发单车旅行以来第一次有呼吸不过来快要死掉的感觉。今早从百细骑来度假村，虽然只有短短的十多公里，但连续的陡峭且凹凸不平的山路加上烈日当空骑得我大汗淋漓，头晕目眩且不停喘气。就在感觉缺氧而停在路边休息时，有个好心的农民开着拖拉机经过，看我脸色苍白疲累的样子，便让我牵着他的拖拉机拉我一把，才克服了最后几段上坡路。与此时此刻回归大自然的舒适感相比，可说是天堂与地狱之别啊！

Kingfisher Ecolodge生态度假村位于 Xe Pian 国家自然生态保护区内的Khiet Ngong 村与一片面积700公顷的湿地之间，是一家强调节约能源、不破坏自然生态、让住客能在最舒服的环境下接触自然原始生态的度假村，一共由七栋单独的高脚木屋别墅和一栋两层楼的池畔木屋餐厅组成。虽然地理位置偏僻，但却不乏慕名而来的游客。骑大像、森林徒步、赏鸟是游客来这里主要从事的活动。

来自意大利的老板Massimo也有个朋友正在骑单车环游世界，所以他很能体会单车游子的心情，二话不说就答应招待我吃住。为了提倡环保与不破坏自然生态，从打井建水塔供水、污水处理系统到太阳能热水及供电装置等，都是Massimo亲力亲为。由于主张回归自然，所以度假村里也未安装电视或音响，入夜后大自然的美妙乐章就是最好的安眠曲。此外，热心公益的他也利用盈余资助村里的小学，好让贫困的小朋友也有机会接受教育。

在度假村住了两个晚上，也逐渐与这里的员工混熟，第二晚其中一个员工邀请我参加他朋友在村子里举行的婚宴。老挝的婚礼很热闹，场内村民以连续跳舞及唱歌的方式庆祝到天亮，场外则有不同的赌局开盘让村民下注。而我则连续被新郎官灌了好几杯浓烈的老挝威士忌，还好我酒量还不错，最后还能醒着回度假村，反倒是新郎官醉得不省人事，看来今晚新郎不能和新娘入洞房了。

## 森林树屋惊险刺激的两天一夜

好运接二连三！自然保护区的度假才结束、心情还未沉淀的隔天，不知前路有多惊险的我，竟然只穿了一双夹脚拖鞋，就在两名老挝向导的带领下，徒步进入隐秘在深山树林里、由Tree Top Explorer经营的树屋旅馆，经历单车旅行至今最惊险刺激的两天一夜。

忘了是受哪一部卡通的影响，相信许多人童年都曾梦想过自己有一天可以住在树屋里，而我这个梦终于在老挝南部巴松（Paksong）唯一的森林树屋旅馆实现了，然而要实现这个梦却不轻松。不知天高地厚的我，一开始以为树屋旅馆不会很远，所以只穿了夹脚拖鞋出发，没想到不但得徒步走山路深入丛林，沿路还得多次搭配使用滑索道（zip-line）及垂降才能抵达，所以过程异常惊险刺激。

在尝试人生中的第一次滑索道时，向导先示范了非常关键的技巧：如何用一字形的树枝加减速。若减速太多就会悬挂在半空进退两难，得靠向导搭救；若减速太少，很可能就会冲力过快，撞上迎面而来的树干，但只要听从向导的减速指令，通常都可以安全飞越丛林。

凡事都有第一次，看着脚底下的万丈深渊时，一种壮士一去不复返的紧张感以及把生死置之度外的豁达不禁油然而生。飞越在半空中时，我用脚趾紧紧夹着唯一的一双夹脚拖，心里非常后悔没穿对鞋子，不过在经过连续几次滑索道的磨炼后，紧张感也逐渐解除，开始真正享受在原始森林里滑索与垂降的乐趣。

经过3个小时的路程，终于安全抵达才刚开张1个月的树屋旅馆。这里共有6间树屋及一间紧邻瀑布的景观餐厅，每间树屋可容纳2到6人，进出树屋也得依靠滑索道，所以进了树屋就不会想再出去。树屋里有床、厕所及一个小客厅，全天供应水电，单人床上还配有蚊帐和睡袋，尽量让人能住得舒服。不过入夜后深山温度骤降，可以想象只带一件短裤和超薄挡风衣的我有多冷，所以在吃完晚餐后，立即和团友们道晚安，躲进睡袋里取暖。今天只是进入树屋旅馆的前戏，真正的丛林冒险体验重头戏——长达400米的滑索道及铁索攀岩（Viaferrata）明天才会正式登场。

第二天的重头戏在用过简单的早餐后展开。这次的团友是分别来自澳洲和德国的夫妻四人及与我同住一个树屋的高个子荷兰人，我们一行6人连同4个向导，先爬上一旁瀑布的最顶端，因为在那附近设置了一条园区里最长的400米滑索道。在这条滑索道上，我们还被允许停在半空中拍照，感受翠绿丛林、云海环绕的壮观景色，好玩又刺激，让人意犹未尽。铁索攀岩是指沿着事先在山脊间或岩壁上架设好的铁梯和缆绳，利用安全吊带和扣环，在向导的指导下进行攀爬，只需记得绑在身上的安全吊带要永远保持两个扣环扣在缆绳里即可，一个接一个地把扣环往另一端移动。第一次尝试的我难免提心吊胆，只能硬着头皮进行攀爬，所以无法真正享受眼前的壮丽山色。两天一夜的树屋历险，在经过一整天下山的疲累后圆满落幕，终于又到了该收起玩乐之心、继续骑行的日子了。

## 如果明天就是生命的终点

一个人单车旅行的日子，要学习适应和对抗的还有每逢佳节倍思亲的寂寞。排遣寂寞不让自己胡思乱想的方法，当然就是让自己忙碌起来。于是，我把万象所有的景点都走了一遍，为了撰写专栏投稿赚取稿费，还到处寻找及尝尽当地的美味小吃和特色餐厅。另外，最喜欢一个人坐在巷弄里的小咖啡馆，一边喝着咖啡取暖，一边专心地写下心情点滴的片刻时光，就这样一个人的冬季，渐渐地也就不会太难熬了。

因为一直认为骑单车旅行本身就是件幸福的事，所以我都尽可能不把它变成是件辛苦磨人的苦差事，以免失去我之所以要单车旅行的意义。我追求的其实还是能一边骑车，一边惬意地看风景、按快门、写心情的温暖日子。于是决定在老挝首都万象等待春暖花开的日子来临。

休息了一个多月后才再度出发上路，向云南边境方向骑去。第一天骑起来当然是力不从心、意兴阑珊，所以也不想骑太多，约莫下午3点多就骑到了旅舍休息。旅舍有5万基普（约合人民币40元）和8万基普（约合人民币64元）的房间让我选，我选了较贵有冷气的房间。重新上路的第一天，不想那么为难自己，就住舒服一点吧。

旅舍房间里的电视不断播放着日本大地震引起大海啸的震撼画面，我在心底难过地为日本受难的人们祈祷着。面对天灾人们往往只能无助地看着灾害一步步吞噬我们原本平静安逸的生活。也许哪一天，此刻安逸的你我，也会经历那难以抵抗的灾难。

如果明天就是生命的终点，你的心是否会在这一刻向自己告解？死亡面前所拥有的一切，所经历的虚无，所眷恋的红尘，都已显得微不足道。那些爱恨情仇、失败难堪、挫折怨恨、功成名就、名利地位，都将化作一缕轻烟，随风而逝。所以何不随心随念，做你所想，爱你所爱，梦你所梦。

**世上没有什么东西是能永远拥有的，车子、房子、名利、成就、事业、爱情、婚姻、生命等，人们用尽一生所追求的事物，所有的一切都会在瞬间消失。比起在遭受苦难的人们，还活着的我们都更应该知足地为自己快乐地活下去，追求自己想过的生活。一边旅行一边生活的我，也只能保持谦卑继续前进，看命运要带我到何处，遇上哪些人，去经历些什么事。**

## 原来我脆弱得不堪一击

在万象到云南边境的路上，我经历了骑行以来最大的挫折。从万荣（Vang Vieng）到琅勃拉邦（Luang Prabang）连续好几天的山路，已经把我的体力和耐力磨光，身心都异常地疲累，再加上高温炎热的天气，骑到几乎快要中暑，呼吸越来越困难，甚至几度小腿不停抽筋，让我痛苦地倒坐在路边无法站立。

太阳就快下山了，而我却因中暑还躲在山区公路边的树荫下休息，顺便等待路过的便车载我到预定休息的城镇。但是10分钟、20分钟、30分钟过去，一直没有愿意停下的便车。从休息处望向前路的另一个山头，山头上有间红屋子，当下决定再推行一段路到那个山头的红屋子再想办法。终于，顶着一身疲累和饥饿过度的身躯，我吃力地走到了红屋子。

这是一家刚盖好不久的木屋餐厅，还没有正式营业，餐厅外还有许多劳工在赶工忙着为停车场铺水泥，我指着自己抽筋的小腿，表示已经骑不动，并向他们询问能否帮我拦便车到前面的城镇。其中有个工人会简单的英文，表示若有人刚好来这里就会帮我问，同时自己也继续留意路过的车辆。时间一分一秒地过去，夕阳在我身后慢慢降落，始终等不到愿意载我一程的便车，看来今晚得在这里搭帐篷过夜了，于是便询问餐厅的老板，能否让我在餐厅外搭帐篷。他说没问题，并建议我何不就住在他运载建材的大卡车里。卡车驾驶后坐有个可供人休息的区域，还备有床垫和棉被。简单到厕所梳洗完毕，在餐厅里没有胃口地勉强吃了蛋炒饭后，中暑引起的胸闷让我早早就躺在大卡车里休息。入夜的山区气温骤降，还刮起了大风。卡车外风声鹤唳，卡车上有一面旗帜，被大风吹得发出恼人的拍打车体的声音，我自然无法睡得安宁，一直到风逐渐停息才缓缓睡去。

隔天一大早在迎接日出后，我便拖着还没消除疲劳的身体，继续向琅勃拉邦前进。好不容易翻过了一座山头，以为前面就是下坡路，但迎面而来的却又是另一座山头。就这样越骑越慢，接近中午后也越骑越热，休息次数越来越多。最后又只能推车前进，同样累得气喘吁吁，比昨日更让人力不从心。终于，在距离琅勃拉邦还有78公里的路段，我觉得体力无法再负荷，当下决定量力而为，停下拦截便车，不可以再重蹈覆辙勉强自己的身体了。

终于等到一辆愿意载我一程、不过得付钱的货车，但没想到谈好了价钱坐上车后才是恶梦的开始。沿途蜿蜒的山路又上又下，忽左忽右，坐在后坐货车放货地方的我，马上感到头晕想吐，沿途在货车上已经吐了好几次，最后抵达琅勃拉邦下车后，又再吐了一次，整个人虚脱得感觉快死掉一样。

经过这次的挫折才发现，原来我是如此脆弱和不堪一击。我的体能原来还无法应付老挝的山路和炎热的天气，我还得依赖便车。这对爱逞强的我来说是一大打击，连续好几周都沉溺在这种挫败的思绪里走不出去，也对自己失去了信心。后来，我在琅勃拉邦生了骑行以来的第一场大病，高烧、头晕、四肢无力、喉咙痛等感冒症状把我折磨得想去看当地的医生，结果却找不到可以看病的诊所，最后只好在药妆店买了感冒药、维他命C橙片和喉糖，自己医自己。养病一周后，继续骑往老挝与中国云南的边境。依旧是连绵的山路，也同样是一直骑到太阳下山前都没有办法抵达，最后又再次依赖便车才抵达边境城镇。

今晚是在老挝边境的最后一夜，我以蛋炒饭搭配烤鸡翅和Beerlao啤酒告别这个待了近三个月的国度，虽然自信心还未能完全恢复，但我想这或许就是旅行久了会遇上的瓶颈。这几天夜深人静的时刻，我常常在想，这么一直单车旅行下去，最后我能得到些什么？又或是若不单车旅行，继续留在新加坡工作，我又能得到什么？一想到不可知的未来，总是会有许多茫然，也会担心和忧虑旅行结束后我要做什么。

不过这种事，即便是现在担心忧虑也不会有什么结果，我深信等时候到了，自然就会有条可以往下走的路。一边单车旅行，一边生活了五个月的此刻，我想说的是，我很高兴自己选择了单车旅行这条路，就算回到新加坡后，我还是那个一事无成的我。但可以肯定的是，至少我有了一些可以分享的故事和金钱买不到的经历。明天就会抵达中国云南省某个城镇的旅舍，前路还有更多山头在等待着我去克服，得重新振作，继续努力才行。

五千年

历史文明的龙国度

# 中 国

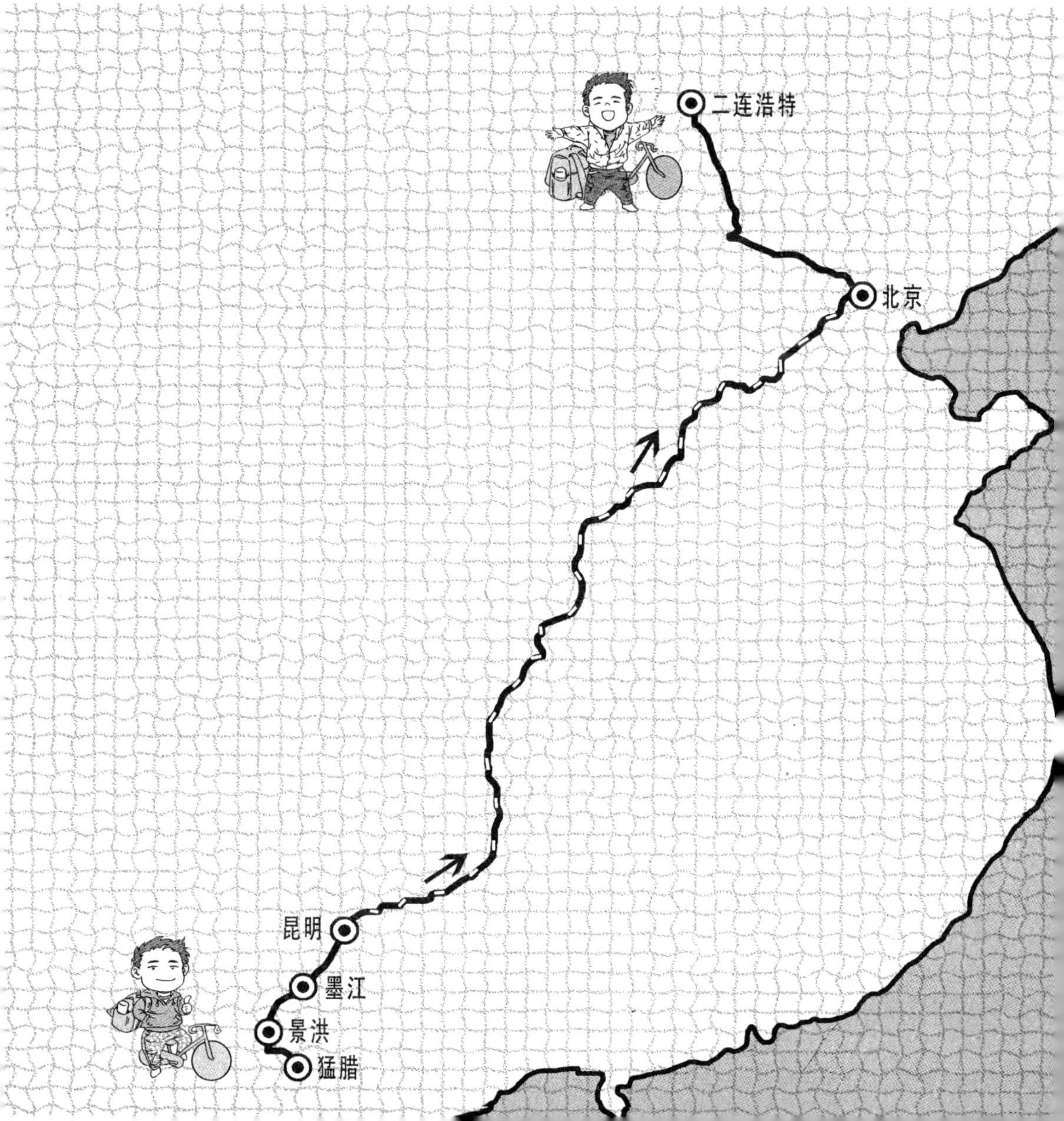

翻越了一山又一山

走过了一城又一城

历经困难和挫折

依然要坚持走完这条路

变化无法抗拒

何不顺应天意

终归有我能够达到的地方

## 65 岁单车英雄

夕阳西下，顶着一身疲累，我终于骑出了高低起伏的山路来到山脚下。望着远处那层层叠叠的山头，很难相信自己几个小时前竟然在那些山里头缓慢爬坡骑行并且翻越了这些山头，早就已经纳闷多日，究竟什么时候才能适应中国高低起伏的山路，又有谁能给我坚持下去的力量？

从老挝北部边境进入了中国云南省西双版纳傣族自治州的勐腊县城后，从这里骑往昆明。高低起伏的蜿蜒山路并没有减少，反而有越来越多的趋势。幸运的是这里的山路沿途都有茂密的大树可以庇荫休息，空气也非常清新，所以和在老挝头顶烈日爬坡比较起来，在这里骑行相对比较舒服。在四周寂静的无人山林里，我经常坐在树荫下喘息歇息，大口地喝水，有时候看着地上自己孤独的影子，心里想着，虽然自信心不断地被蜿蜒的山路打击和磨炼，但这些过程都是为了自己今后面对更艰难的山路时该有的淡定而做的准备吧！

那天在沿着山路爬坡的路上，正当骑到汗流浃背想要放弃时，迎面而来两位骑着单车的老者。现年已经65岁高龄的他们在得知我的旅程后，像智者般给予我鼓励，甚至还竖起大拇指直夸奖我是英雄。在中国，人们似乎习惯以英雄来赞赏他人，而这真是让我感到万分惭愧，他们殊不知几分钟前的我还在想着要放弃骑行拦便车呢。这两位老者是从家乡四川骑往景洪市，然后要再骑回四川。不知65岁时的我还能有像他们这般的毅力吗？他们才是我心目中的英雄。看着他们逐渐远去的背影，我心底又重新燃起了斗志，打消了放弃的念头，终于攻克了那天的山头。

一路上遇见的大多是男骑士或情侣一同骑行，几乎很少能遇见独行的女骑士。来自法国巴黎个子娇小的Delphine就是我在中国遇见的唯一一个独行女骑士。她和我一样，也是准备用一年的时间单车旅行。性格随和的她在当了十年汽车杂志编辑后毅然决定辞职出走，而这也是她人生中第一次跨国海外的单车旅行。她一个人从泰国开始旅程，骑经柬埔寨、越南及老挝来到中国。她所需要的勇气和毅力相信要比我更多，她的热血与坚持不懈也像是一剂强心针，给了我坚持走下去的力量。

## 别人的肯定对我来说重要吗?

随时光流逝经历过一些曲折，我们是否仍继续满足于过着现在过着的日子？对于自己选择的人生是否偶尔也会有倦怠感与日俱增的感触呢？这段日子里所经过的一些经历和挫折，遇到的一些人与物，感动过的一些事，有些已经云淡风轻，有些则仍留在心底。体会过泪流不止的离别，也经过了辗转难眠的夜，度过了生病虚弱的无助，也有征服了寂寞的狂喜，更有拥抱了孤独的狂悲。

在中国骑行时，我喜欢让汗水静静地流满全身，刻意不去擦拭脸上流下的汗水，让它一滴一滴地滴落在我骑过的路面上。仿佛是在沿路做记号一般，要告诉别人，自己曾用双脚骑过这样的一段路。其实，除了自己并没有人会知道，也不会有人在意这路面上的汗水记号，因为不一会儿工夫，这些汗水就会被烈日蒸发掉。但是，我还是喜欢就这样让汗水静静地流着、滴落、流着、再滴落。对我来说，那是努力克服艰辛山路的证据。

在老挝遭遇骑行的挫折和生了一场大病后，我反省了许多，也开始懂得依照自己的体能情况来调整适合自己的步伐，同时更加注意三餐定时，每天随身准备干粮和面包，不再让自己饿肚子骑行，并且量力而行。但是对于此刻的自己，做着自己喜欢的事情的自己，我怎么还给不了自己肯定呢？有时甚至会因为自己在过程中所表现出的软弱而否定自己。我常会问自己：别人的肯定，对我来说是重要的吗？还是我其实只是需要别人的肯定，来给自己肯定呢？我试着诚实地面对自己所有的快乐与不快乐，试着面对和承认自己的软弱。同时，透过这些不断怀疑和否定自己的过程开始坚信，那心中的可怕巨兽正在慢慢变小。

## 青石板路默哀文明缅怀岁月

顺利入境中国后抵达的第一个城市是西双版纳的景洪市，这里是傣族自治地区，和泰国、缅甸及老挝一样都以泼水节迎接新年。我在这里度过了人生的第一个泼水节，认识了许多新朋友。本来以为一切都会顺利地进行下去，没想到前往当地公安局申请延长签证时才得知无法在当地办理。这是在中国骑单车旅行得面对的一大难题，身为马来西亚公民，通常旅游签证一次只能逗留最多30天。若要延长逗留，得在签证到期一周前，到市级以上大城市的出入境管理局办理延长逗留。而且每人逗留期限最多以90天为限，每次延长只可延30天，不可以一次延长60天，同时还需要5个工作日，扣掉周末不办公，也就是提交申请一周后才能取回护照。

这意味着从即刻起得在第一次的签证到期前，每天不停地赶路骑行，骑往昆明市办理第二次延长逗留签证，领回护照后还剩下三周再继续赶路骑到北京办理最后一次的延长逗留签证。评估了自己的体能状况，即便是每天骑行赶路，沿途不停留参观景点或逗留，在时间上也根本来不及，而且每天只是赶路骑行，也会失去之所以要单车旅行的意义，这也不是我所要的旅行方式。经过权衡后，从景洪市骑行了十天抵达墨江县城，随后我改乘长途汽车，直接前往昆明办理延长逗留签证。

等待领回护照的一周，正好可以好好浏览昆明这高速发展的城市。有许多古厝巷弄都在城市发展中面临被拆除的命运。走在仅存的老街上，游子的心情也只能像浮云般漂浮着，在巷弄里仅存着的青石板路上，缅怀岁月的消逝，反思文明究竟是让我们前进，还是在后退。

## 申延签证怎一个囧字了得

单车旅行生活又再一次陷入了低潮期。还记得第一次从中国昆明乘坐火车抵达北京，那天迎接我的是蓝天白云的好天气，与印象中阴郁的北京完全不同。不过，原来那只是偶尔例外的好天气，今天的北京，依旧是印象中阴郁的北京，如同此时此刻的心情。或许你会疑惑，不是骑单车旅行吗？怎么会坐火车到北京？由于延长签证的限制，我无法在短时间内从昆明骑到北京办理，所以为了争取时间便直接从昆明坐了40小时的火车来到北京。但事与愿违，无论是延长签证还是办理前往哈萨克斯坦的签证，过程都不太顺利。

在北京办理延期居留和在昆明办理不同，得先在当地的银行开户并存放两万元人民币才可以申请延期。盘缠已逐渐耗尽的我无力负担，不得不正视最现实的经济问题，并重新考虑和规划接下来可行的路线。为了凑出这笔钱，无奈只能向家人寻求援助，姐姐二话不说提供金钱援助后我才顺利办理了延期。家人无私的包容和支持，协助我完成这趟旅途，让我心底非常感动、自责和内疚，而当下我能做的，就是努力完成这次旅途，平安回家，以报答家人的恩情。

人生就只有这么一回。一路上我常想自己如此的任性，在外过着自己想过的生活，却让母亲为我担心，是不是很不孝？还是我应该过着不想过的生活，不快乐地留在父母身边才是孝顺？我想真正的孝顺是对自己所选择过的生活感觉到快乐和对得起自己，如此父母亲才会因为你的快乐而快乐。

我知道母亲对我的挂念和担心，所以每周都会打电话给母亲报平安，在结束向母亲报平安的电话前，母亲突然说了声："谢谢你。"我仿佛知道为什么似的，"嗯"了一声后便挂了电话。其实心底有些感动，同时也疑惑母亲为何突然对我说谢谢。我想母亲是因为我每周给她打电话报平安、不让她担心而对我说谢谢的吧。我有位可爱又伟大的母亲，宁愿自己日日夜夜担心我一人在外的安危，也依旧包容着我的任性，其实该说谢谢的人是我才对。妈，谢谢你。

## 鸟巢就像是自家的后院

为了节省住宿开支，在北京我又故技重施，电邮各大酒店和度假村寻求住宿赞助。很幸运的是北京中奥马哥孛罗大酒店和安缦颐和度假村都对我敞开了欢迎的大门。距离奥林匹克公园及鸟巢国家体育场只有一公里的北京中奥马哥孛罗大酒店是一家五星级的大旅馆，住在这里，鸟巢就像是自家的后院，吃完饭后就可以来鸟巢散散步，欣赏美丽的奥运场馆。而安缦颐和则是安缦酒店集团（Aman Resorts）在中国开设的第一家度假村，就坐落在颐和园旁边，由百年建筑改建而成。能在游客大军攻占颐和园之前透过一条秘密通道进入园区，观赏慈禧太后曾经感受过的宁静景色，我阴郁的心情也逐渐恢复了平静。

夕阳下我独自坐拥着颐和园的风景。在计划赶不上变化的茫然时刻，我尽量不让变化影响心情，从出发时的信心满满到现在的力不从心，从简陋的通铺到此刻的高级套房，单车旅行丰富了我的生命，也改变了我的心智。

克服了一山又一山，走过了一城又一城，或许经历了一些困难的磨炼和挫折的打击，但心底的声音还是决定要坚持下去把这条路走完。变化既然无法抗拒，那何不就接受变化去往我可以去的地方。既然这次去不成哈萨克斯坦，那我就顺着天意改去蒙古国，不但不用申请签证省下一笔费用，距离北京也不远，刚好就是剩下21天的逗留期限可以骑到的距离。我还在寻回最初的勇敢，我相信再度骑行之时，我将会更强大，不被命运击倒。从北京途经内蒙古骑往蒙古边境小镇札门乌德（Zamyn-Uud）约750公里的路，又会是个全新的开始和挑战。

## 有缘我们应该会在蒙古相遇

你是哪里人？

马来西亚。

你多大了？

33。

看不出来，我还以为你20多呢。

你结婚了没？

没。

你骑多久了？

半年。

你的普通话怎么说得那么好？

…………

以上是离开北京骑往蒙古时，几乎每天都会和遇见的中国人说的对话。虽然在中国没有语言的障碍，可是在中国人的眼中我其实还是个外国人。就在离开北京骑往蒙古的第一天，我就因为外国人的身份而遇上了麻烦。当晚我在洗完澡准备外出吃晚饭时才被投宿的便宜旅馆告知，根据公安局的规定，外国人不能住在他们这种便宜的旅馆，并要我搬出去住昂贵的大酒店。

当时已是晚上8点多，而且外面正雷雨交加，附近也没有什么大酒店。这要我往哪里去呢？我试图博取旅馆老板娘的同情而如此说着。后来老板娘叫我先去吃晚饭，吃完回来后再商量，导致我只能在忐忑不安的心情下随便吃了点东西。所幸回到旅馆后，于心不忍的老板娘也体谅了我的难处，冒险勉强让我偷偷住下来，这一劫算是虚惊一场。

隔天早上从南口镇出发后便开始了连续23公里的爬坡路段。由于久未骑行，这条通往八达岭万里长城的八达岭坡骑得非常吃力，只能以龟速前进，一直骑到中午才抵达。吃完午餐后继续骑行的路上，对向车道迎来了一名单车骑士。29岁的Remo从家乡瑞士出发，骑着一辆无法变速的改装单车，展开了生平第一次单车旅行，至今已经一年半。意大利、土耳其、伊朗、吉尔吉斯斯坦、日本、韩国、中国都有他的“骑”迹，真是让人佩服得五体投地。接下来Remo和我一样要去往蒙古，不过这之前他想先去万里长城当好汉。

就在聊天的时候，原本就开始阴霾的天空突然下起大雨，我们躲到一旁废弃的加油站，一边继续分享彼此的旅行一边等待雨停。本来想等雨停后再出发骑往各自预定的目的地，但雨却一直断断续续地下着。天色渐暗，难得有缘相遇，我们便在附近一起找地方住，并一同享用了一顿丰盛的晚餐。隔天与Remo各自上路，他骑往八达岭长城，而我则继续往蒙古方向前进，若有缘我们应该还会在蒙古相遇。

认识新朋友是件快乐的事，原以为不顺利的事不会再找上门，没想到半路就爆胎了。这是在中国骑单车以来的第一次爆胎，我以从容不迫的稳健速度，把车子上的行李卸下，以熟练的手法拆开后轮胎，取出泄气的内胎，之后再充气检查内胎哪里漏气。检查结果发现原来是内胎被刺了一个小孔导致，只需用补胎片把小孔补上就行，无需更换新内胎，这一刻我感觉到自己好像变得和以前不同了，面对突发状况时心里又更加淡定了。

后来我沿着110国道骑离了北京进入了河北。由于这里盛产煤矿，导致这条110国道上载煤卡车往来非常频繁，所以并不是一条骑起来非常舒服的路段。中国的便宜旅馆不接待外国人的问题依然存在，每一天都得花好长时间寻找住宿，让人感到心力交瘁。但是也因为如此让我遇见不少好心的中国人，有的邀请我住他家，有的甚至愿意付钱请我住星级酒店，但我何德何能接受人们的好意呢？所以最后还是婉拒了。

**寂静的G208公路上，我聆听着自己的思绪，思考着拥有和失去，也看清了自己坚强背后的软弱。这趟旅程，究竟是让我更坚强了，还是只是让我学会接受自己的懦弱？我一边思索，一边日复一日地继续往前骑着。**

## 8 小时 8 公里

路，到底有多漫长？从中国二连浩特市到蒙古国边镇扎门乌德一共8公里的路，早上9：30离开旅舍出发，一直到下午5点才抵达，足足历时8小时。由于中国二连浩特市的出境口岸不允许骑自行车、摩托车或走路出境，因此要从这里出境前往蒙古国，只能搭乘火车、巴士或每天从中国载货出境到蒙古国的吉普车。询问火车和巴士能否把自行车放上车，结果是不可以，最后没有选择余地，只能乘坐费用昂贵的吉普车离境，而这也使我开始了一整日的漫长等待。

早上9：30分离开了旅舍，来到了蒙古吉普车司机聚集装货的义乌市场。司机一开始开价150元，后来杀价到130元，不过要等把货装满后才能走。终于等到上午11点，货物装满吉普车，我便把自行车平放在最上层固定绑紧并准备上车，这时却发现除了司机外原本只能坐四人的吉普车里早已经坐满了人。

前座司机旁边的座位，已经坐了两个蒙古女人，不可能再多挤一人，而后座也已有三个蒙古女人，勉强挤一挤后，我坐上了后座，万万没想到此时还有一个蒙古男人也要上车。后座其中一个身材比较胖的蒙古女人勉强站在前座座位和司机之间的小空间，空出了一点位置，好让那蒙古男人硬挤上来。可想而知，车内异常拥挤，而我的双脚也被蒙古男人紧紧压着无法挪动。就像在玩儿一辆车子能挤上多少人的游戏一样，而我只能忍受着逐渐抽筋的双脚拼命苦笑。

车子开到了中国出境处，已经有一长条吉普车车龙在等待过关，前进速度非常缓慢。过关盖离境章后，还得等待吉普车的货物接受检查，一等又是几小时。来到蒙古的关卡，盖章和检查又是另一轮漫长等待，这一天虽然没有骑车，却比骑了一整天的车还让人感到疲累，8公里路原来可以如此漫长。

## 传说中的内蒙古大草原

一望无际的大草原上没有任何遮风避雨的地方，雷电交加轰隆作响，让人只能听天由命般奋力往前踩踏，心里不断地祈祷前面能赶快出现挡风遮雨的地方。从北京骑往蒙古国边境小镇扎门乌德约750公里的路，我用了9天骑完，途经河北后，便进入了中国内蒙古自治区的地界。

道路两旁迎接我的是一望无际的内蒙古大草原，往来的车辆也变得非常少，久久才有一辆车子经过。草原上没有大树，每当太阳很晒的时候都找不到可以遮阴的树或房子纳凉歇息，只好继续一直往前骑。草原上风也很大，汗水常常还来不及流下就已被风吹干。最让人感到害怕的是，有时候正在奋力骑行，天公却不作美下起了超级大的雷阵雨，即使穿上雨衣，还是一瞬间就变成了落汤鸡。雷电在身后轰隆作响，我的脚只能拼了命地奋力踩踏，心里不断地祈祷前面赶快出现挡风遮雨的地方，天啊！饶了我吧！

这几天落汤鸡没有白当，雨后天晴的内蒙古草原像梦境一样美丽，黄昏把牧草照得金黄，一整天骑行的疲累总算有了回报。在让我躲避风雨的蒙古包里，有我与修建马路的内地民工们一起分享马来西亚糖果的记忆，闲谈间有个民工问起："为何要骑自行车旅行？"我重新思索了答案回答他说："我想看世界，真实的世界。"

在中国骑行最后的一百多公里总算是苦尽甘来，沿途晴空万里，风平草静，路直车少，坡也不陡，骑起来非常舒服，舒服到几乎让人快在路上打瞌睡了。129公里的路，早上8：30出发，罕见的下午4点前就抵达了中国内蒙古与蒙古国的口岸边城——二连浩特。

在中国的最后一夜，突然很想吃冰棒，于是就一连吃了两根冰棒，算是一种给自己的另类庆祝，庆祝这一路走来的平安喜乐，也感恩这一路上许多陌生人的祝福与加油打气。我带着人们羡慕的眼光行进至今，每当人们佩服着说我很有毅力时，我都会觉得非常不好意思，因为只有自己清楚，面对困难的艰辛时刻，我也会退缩，也会感到对未知的慌恐与不安。我其实没有人们想象中的有毅力，也没有人们想象中的坚强，只有自己知道，我也有怯懦和流泪的时刻。

烈日下一个人站在无人的草原公路上啃面包、饼干当午餐，风雨中为不断漏气的轮胎打气，黑夜里在无人的环山公路上爬坡赶路，默念阿弥陀佛菩萨保佑。或许正是这种种自讨苦吃的人生风景才让这旅程更加的丰富，也让我更珍惜此时此刻，能与你分享心情的安逸时刻。中国，我们再会了。蒙古，请多多指教。

曾经是世界上

最强大的游牧民族

# 蒙　古

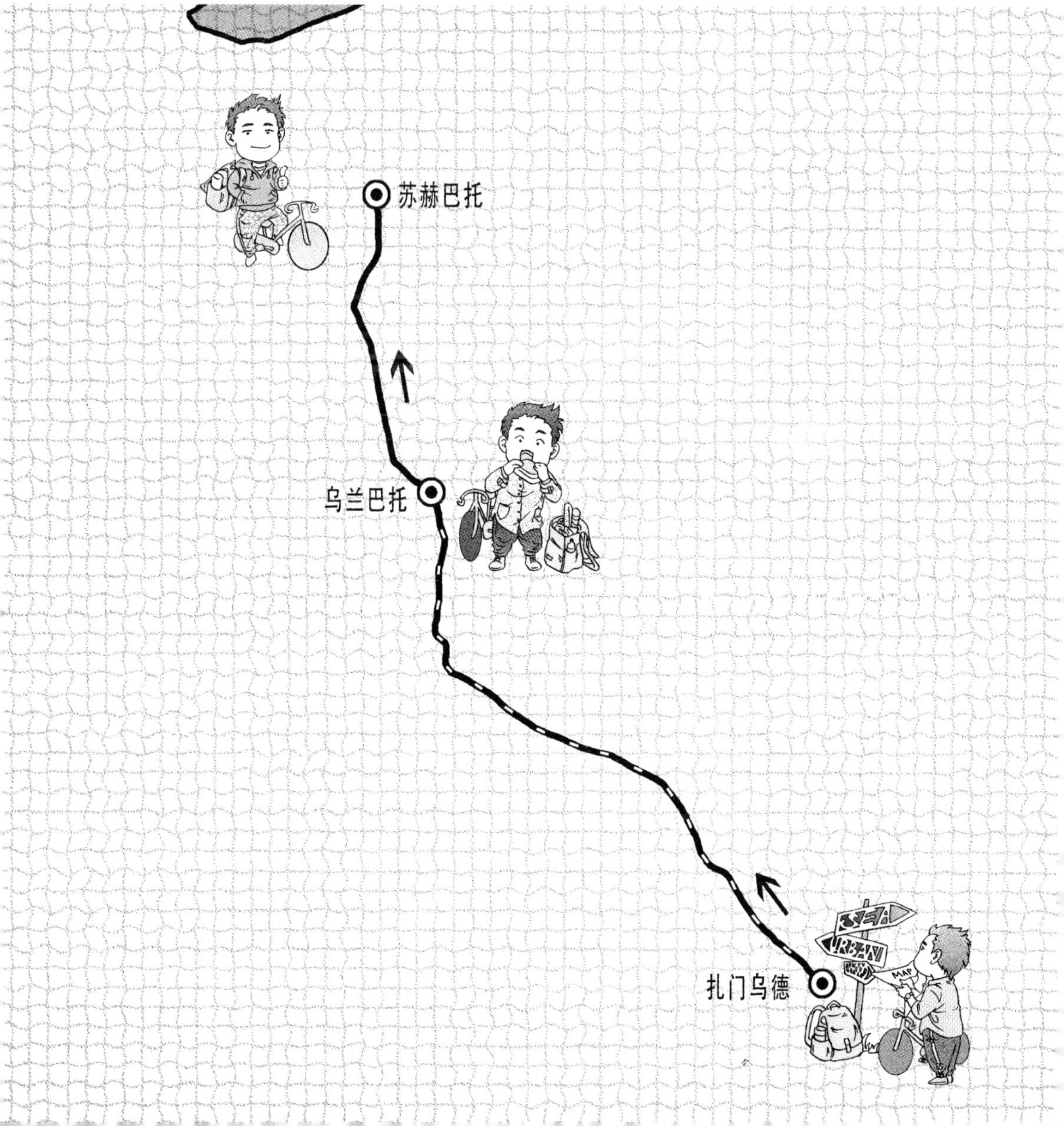

过程无论有多少

酸甜苦辣

都不会再重来

一想到这

那些一时的辛苦

也会是甜的

## 送给自己的生日礼物

生日前夕，出乎意料竟然用了一整天的时间才走完8公里，离开中国边境来到蒙古与中国的边境城市扎门乌德。虽然这里号称是个城市，但与8公里外的中国二连浩特市相较，其实就只像个落后许多的小乡镇。火车站周边就是这里最热闹的地方，旅馆、餐厅、商店都只集中在此，得在天色渐暗前赶紧先安顿好今晚的住处。在语言完全不通的情况下四处寻找便宜旅舍，询问了好多旅舍有没有空房，我第一个学会并记住的单字是“巴瓜”，意思是“没有”，看来接下来的日子，还有很多语言得学。最后，由于价格差不多一样昂贵，我就近住进了火车站旁边的小旅馆，虽然自己备有帐篷以备不时之需，但生日前夕可不想为了省一点钱而露宿街头，把自己曝露在感觉治安不是太好的边城自找麻烦。

除了语言不通的不便外，在蒙古首先觉得最方便的，竟然是上脸书无需再翻墙了。吃住都还在慢慢地调适当中，刷牙时这里的自来水有一种怪味道，旅舍的热水也不是全天24小时供应，餐厅里卖的食物虽然看起来不是很勾得起食欲，但吃起来并不太难吃。因为语言不通，去超市买冰棒吃时只好一直比划，结果被好心的当地人误认为是哑巴，这还是旅行以来的头一遭。

从扎门乌德到首都乌兰巴托是一条近600公里的无人烟、无路牌标志的土路，不太适合骑单车旅行，之前骑过这条土路而吃尽苦头的台湾单车旅人华仔也建议我最好能直接从这里坐火车到乌兰巴托后再开始骑行。经过一夜的考虑，我决定改以搭火车的方式，直接前往首都乌兰巴托。如此不但比较安全和节省时间，还可以尽早了解在蒙古办理俄罗斯签证的申请手续。所以，这偷懒的一步也算是生日的这一天送给自己的生日礼物。

蒙古和中国一样，单车无法直接带上火车，于是把单车送去托运，没意外的话明天一早就可以和我同时抵达乌兰巴托。此刻，我在等待晚上出发的火车。今年在异乡度过生日，虽然寂寞孤单依旧，生日大餐只是炒饭加荷包蛋，但其实只要平安，也算是一种福气了吧！谢谢大家在脸书上的祝福和加油，温暖了我寂寞的心灵，加强了我面对惶恐的勇气，减少了初到陌生地方的不安，也因为还有大家对我满满的爱护，所以我会更加地爱自己，把自己照顾好，让自己更快乐。

## 乌兰巴托给我的见面礼——一口痰

从蒙古边镇扎门乌德到首都乌兰巴托约673公里的路，我偷懒改以火车代步，搭上了晚上9：30分出发的火车，经过约14个小时后，我便来到了蒙古的首都——乌兰巴托（Ulaanbaatar）。一骑上乌兰巴托的马路，给人的感觉就是个繁忙且拥挤的城市，即便已骑在马路边上还得跟汽车争道，不断被后方来车鸣笛警告，在中国马路上有为单车骑士设置的红绿灯，而在蒙古则有骑马人士专用的红绿灯，但却未曾看见马儿在马路上行走。

从城市中心放眼望去，四周是翠绿山峦和草原围绕的自然风光。就在距离乌兰巴托市区5公里处有个贫民区，木造房子和蒙古包布满在整个山丘之上。这里没有自来水供应，人们每天得到定点的供水站取水使用，在这里生活负担较市区轻，所以也吸引了一些有钱人来这里买地盖房子生活。此外，蒙古地多人少，蒙古政府颁布了法令，在2013年前每个蒙古人可自划一块土地免费使用。于是，山丘上贫民区的房子越盖越多，成为蒙古独特的风景，大自然也在一步一步地被现代文明吞噬着。

从中国北京来到蒙古乌兰巴托，这两国首都让人印象深刻的是部分民众有随地吐痰的习惯。但不同的是在中国一些人随地吐痰时，会发出巨大的声音把痰清出来后再吐出来，若刚好走在旁边还可以及时闪避。而蒙古人可就恐怖了，随地吐痰时无声无息，让人无从防范，走在路上可说是处处小心。去超市买水回旅舍的路上就不小心中招，走着走着穿着凉鞋的脚踝突然感到一阵凉意，一开始还以为是买的水漏了，仔细一看才惊见是痰！乌兰巴托真是给了我一个难忘的见面礼。

## 蒙古办签证一波三折

在蒙古办俄罗斯签证，最简单有效的方法就是找与大使馆交情好的代办机构办理。我连续几天到代办机构询问马来西亚护照是否可以在蒙古办俄罗斯旅游签证，但是他们未曾受理过马来西亚护照因而不知能否申请。头一天代办机构人员说大使馆已经下班，叫我明天同时间再过来，他会帮我询问大使馆负责人。

第二天准时来到代办机构，代办人员抱歉地说，由于忙了一个早上忘了帮我问，但明天又适逢周末大使馆不上班，于是叫我周一再来。又等了两天到了周一，代办人员这回记得帮我问了，但得到的回复是一位使馆人员说可以，另一位说不可以，所以又得多等一天，待他向职位最大的大使询问，无奈的我只能沉住气继续耐心等待。

早晨的乌兰巴托，万里无云的蓝色天空下，我坐在蒙古包外的木椅上感受温暖的晨光。一边看着城市的上班车潮，一边吃着超市买来的橙子当早餐，享受和自己独处的片刻时光。我相信老天爷让我来到蒙古一定有它的原因，下午就能知道能否在蒙古办理俄罗斯签证，心里已做好万一不行的最坏打算，但也深信无论如何总会有路可走，只能保持乐观，静观其变。

下午准时来到代办处，终于有好消息传来，得到大使的确认马来西亚护照可以在蒙古办理旅游签证，但只能办理最多25天的旅游签证，而且到期后不能办理延期。别无选择，隔天一早填写了签证表格，注明了要入境的日期和要经过的城市，花了95美金（约合人民币600元）正式提交了俄罗斯签证表格，被折磨了一周忐忑不安的心也终于可以放下。

原本计划是从中国北京骑到新疆再进入哈萨克斯坦，然后骑往土耳其进入欧洲，由于中国逗留天数有限以及哈萨克斯坦签证申请手续繁复而作罢，便改道前往无需签证可逗留30天的蒙古，进入俄罗斯后骑往土耳其。但是在俄罗斯25天要骑到数千公里外的土耳其，对我来说绝对是天方夜谭，完全是不可能的任务。每天赶路也会失去了单车旅行的意义，所以已打定主意，俄罗斯这段路无法避免地又得再次依赖火车代步了，虽然如此，心里还是有守得云开见月明的感觉。至少，现在可以从蒙古前进，前面还有一条可以继续骑行的路。

## 单车长途旅行的孤独与欢愉

时间似乎从来没有要放缓的意思。一直能感觉到时间流逝得飞快，虚度光阴时间飞快，快乐时光飞快，骑行时光飞快，就连停下脚步时也飞快。不知不觉在这个价格便宜的蒙古包青年旅馆一住就已经快两周，连续好几天乌兰巴托都是白天气温只有摄氏6度、晚上气温3度、外加下雨刮风的湿冷天气。

这种天气最舒服的事情就是窝在温暖的被窝里，什么都不做，什么都不想地虚度光阴。虽然大部分时间都在被窝里，但地球还是继续不停地转动着，该发生和继续的事，还是照样发生和继续。比如昨天，我又当舅舅了，二姐的第一胎已经顺利来到这个世界；又比如今天，也发生了一些开心的事，外出吃饭的时候，与在中国遇见的瑞士骑士Remo重逢了，而且还新认识了一位来自德国的骑士Martin。单车长途旅行的孤独与欢愉，也只有经历过的人才能体会出个中的滋味，与他们聊天，是一种能彼此体会感同身受的心情，虽然不熟悉彼此，但心却能靠得很近。

连续多日的湿冷天气终于在昨夜下了一夜的大雨后终结，迎来了今早蓝天白云的好天气。起床后我贪婪地让身体沐浴在阳光下取暖，在久违的蓝天白云背景下刷牙洗脸原来是一件这么幸福的事。当然，不能辜负如此这般的好天气，于是我带着守得云开的愉快心情，拿起了相机出去拍照，虽然这个城市并没有太多可以让我按下快门的冲动，但在城市里走走停停间，也能渐渐开始从游人过客的身份抽离，体会及感受到生活在这个城市里人们的生活脉动。

夕阳下耳机旋律撩拨起思念的情绪，回忆翻滚来袭，让人时而微笑时而感伤，抬起头仰望天空偶然飘过的美丽浮云，想要克制欲滴的眼泪。或许在漂泊旅行了九个多月之后，会变得有那么一点的迷失和茫然，那个曾经那么坚定想要出走冒险的自己，怎么又突然不见了？

留不住的浮云，如同逝去的美丽时光。此刻，只有自己可以给自己加油打气！萧建忠！夏天才正要开始！前面还有好一大段路，不适合多愁善感，你要再加把劲儿才行！

## 护照遗忘惊魂记

耗费多日等待的俄罗斯签证终于到手，由于只有25天短暂的逗留期限，领回护照的隔天一早，我就“铁”马加鞭离开了乌兰巴托，向距离约370公里的俄罗斯边境骑去，以便能在一周后签证生效日当天就入境俄罗斯。

从乌兰巴托出发骑往俄罗斯的首日天气极好，但太阳也毫不留情地持续升温，晒得人昏昏欲睡，所以骑行首日当然不想骑得那么累，于是提早休息找旅舍。此刻在这小村落唯一的小旅舍里，由于没有自来水，所以连冷水澡都没法洗，当然也就无法像往常一样在骑了一整天车后舒服地洗个热水澡退却一身的疲惫，还好随身带有湿纸巾用来勉强擦拭身体。但那种流了一身汗却没洗澡的不舒服感依然弥漫在身上。

第二天由于得骑上90公里才有小镇可以休息，所以不得不起了个大早，7点就出发。就在骑到80公里处，即将抵达休息的小镇之际，突然想起一件让人震惊的事，我竟然忘了向旅舍人员取回我的护照！昨日入住登记时，旅舍人员要求保管护照，要退房时才归还。而今早离开时旅舍人员都还没有起床，所以就把要取回护照的事情给忘了。怎么办？骑回去拿？但我可不想再上坡下坡顶着烈日骑这段累人的蒙古山路。当下决定保持镇定，先骑到了镇上安顿好今晚的住处后，再想办法搭车回去取。

由于小镇没有固定的公共交通或出租车，当地人要到另一个城镇，通常都是站在马路边拦顺路的便车，司机会从中要求乘客付一定的车资。安顿好住处后，我赶紧向只会蒙古语的旅馆人员寻求帮助，比划着向他解释我忘了护照，并请他帮忙找便车。在马路边找了很久后，终于很幸运地找到了一辆顺路的免费便车，载我回去取回了护照。饱受虚惊后的回程路上，心情也逐渐平复，可以安心地在车上回首来时的路途风景。

回顾今天骑过的山路时心底不免感叹着，千辛万苦骑了8小时的路，原来坐车竟然只要1小时啊！哇！眼前的这个大坡我竟然克服了！唉，这个风景怎么今天经过时没有看到？这边是骑起来很舒服的下坡路；这个是山峦最高点的路标；这是中午休息时躲避大太阳的纪念碑；这里可以拍出有故事的照片……

## 像牛挥舞尾巴一样赶苍蝇

早晨，四周翠绿的蒙古平原环绕的寂静公路上，一个人吃着面包当早餐，安静得只听得见自己咀嚼面包的声音。中午，老天爷仿佛听到了我希望天气不要太热的祈祷默念，今日的太阳大多时间都被云给遮挡，所以骑起来非常地舒服惬意。因此拿起相机拍照的频率也变得比较多，拍了许多照片。晚上，抵达小镇后入住的旅舍虽然比昨天的昂贵，但终于可以让我畅快地洗上舒服的热水澡，不得不说在蒙古骑行了五天后能有热水洗澡，真的是件非常幸福的事。

除了酷热的天气，在蒙古骑行还有件非常恼人的事：每天身上流的汗很容易招惹苍蝇和果蝇缠身，而且怎么挥都赶不走，反而越聚越多，只有在高速下坡加速时，苍蝇飞的速度无法追上，才可获得短暂的宁静，一回到平地又继续被纠缠。当下真希望身边能有只电蝇拍，把它们杀个片甲不留。如果当时有人开车路过，应该就会看到我一边骑单车一边挥舞旋转着小毛巾，不时往自己身上和头上拍来拍去的怪异举动，这让我一度觉得自己就像是一头牛，在挥舞着尾巴赶苍蝇。

从乌兰巴托骑了6天后，来到了蒙古与俄罗斯的边境城市苏赫巴托（Sukhbaatar）。本来打算在蒙古的最后日子要住在好一点的旅馆，洗个舒服的热水澡消除一身疲惫，但让人气馁的是，所有旅舍都因为后天举行的那达慕盛会而客满。这里离蒙古出境关卡还有23公里，虽然被称为蒙古的第三大城市，但并非一般想象中城市的样子。对一个习惯在城市里生活的我来说，只能既来之则安之，把一切需求降到最低。所以，想要在蒙古最后一天住好一点洗热水澡的愿望，当然也就无法实现了。

就在投宿无门之际，客满旅舍的门口遇见了来自德国的Werner和Fransic，3个月前已经70多岁儿女成群的他们，决定要圆年轻时未能完成的梦。于是他们从德国开始了摩托车旅行，骑到了蒙古准备参加那达慕盛会后，再从俄罗斯骑回德国。昨晚他们抵达时也是投宿无门，而要求旅舍老板娘让他们在旅馆旁的空地搭帐篷露营。在他们帮忙向老板娘请求下，也让我顺利地可以在空地和他们一起露营。难得遇上一年一度的那达慕盛会，所以便决定再在蒙古逗留一天参与盛会，明日再出发骑往俄罗斯。

“那达慕”在蒙古语中为“竞技”的意思。从成吉思汗时期开始，为鼓励男子锻炼体魄，维持国力强盛，每年夏季都会举行摔跤、射箭、赛马等竞技活动。1921年蒙古独立后，每年的国庆节7月11日至13日被定为全国盛大庆祝的假期。那达慕盛会当中最让人印象深刻的当然非蒙古摔跤莫属，壮硕的摔跤选手出场时及打败对手赢得胜利时，双手会像老鹰般展翅飞翔，翩翩起舞绕场一圈，展现出铁汉柔情的另一面。

世界上地域
最辽阔的国家

# 俄罗斯

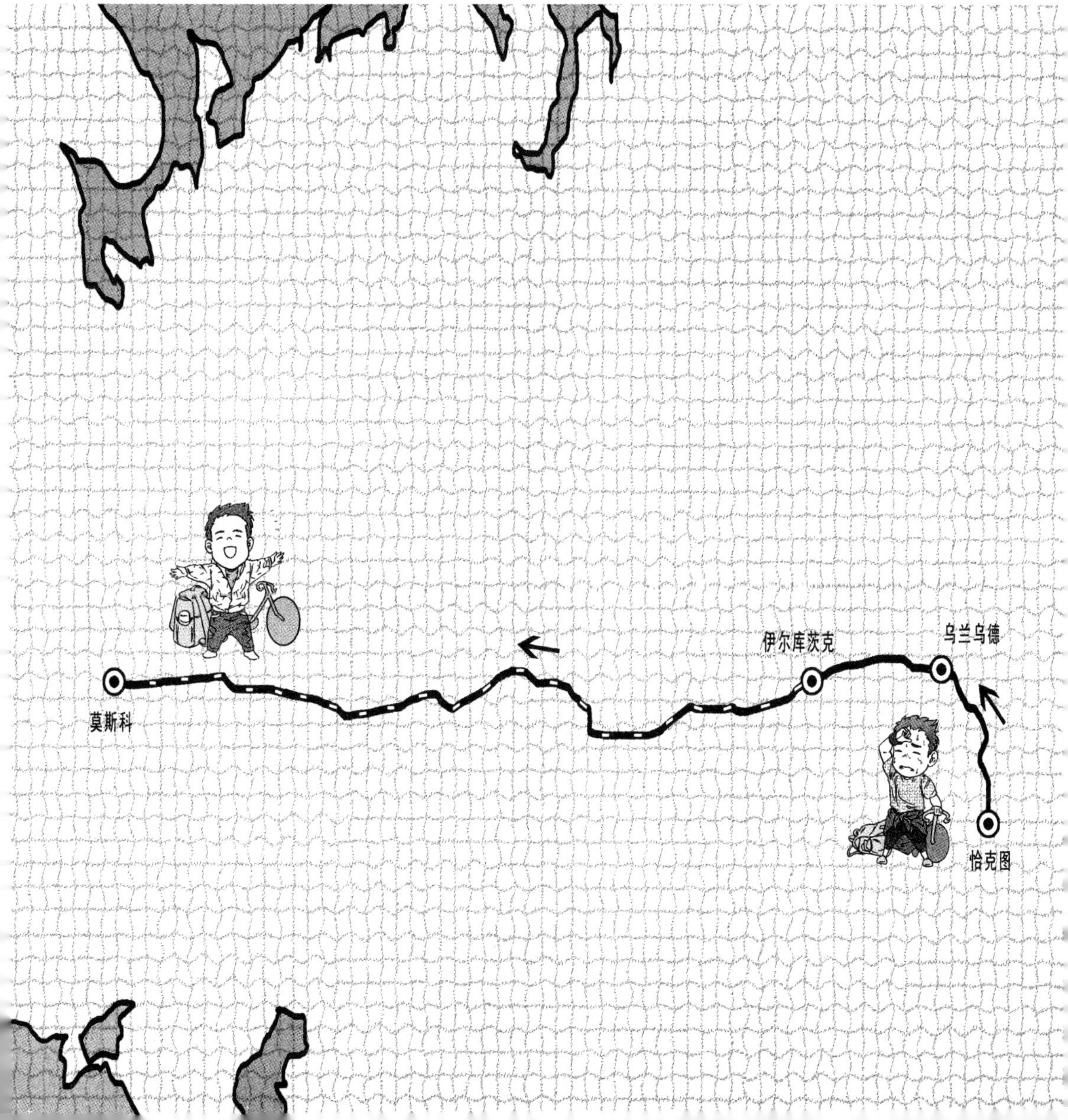

选择要走的路

然后义无反顾地前行

裹足不前的时候

要加快马力和速度

冲得太快而错过美丽风景时

不妨放慢步伐

重要的是，你是否走在想走的路上

## 被误读的俄罗斯人

从蒙古北部苏赫巴托进入俄罗斯南部的边境城镇恰克图（Kyakhta）当天，一早天空就乌云密布，一副大雨将至的样子。还好上天眷顾，从蒙古骑往俄罗斯入境关卡的最后24公里只是毛毛雨，没有把我变成落汤鸡，一直等到抵达关卡顺利入境后才下起了倾盆大雨。我在关卡旁边的加油站一边等待雨停，一边等待来自德国的Werner和Fransic办理好摩托车入境的手续，想与萍水相逢的他们说声再见。雨势越来越大，夹带着凉风，温度越来越低，等了许久Werner和Fransic才姗姗来迟，他们为摩托车加满了汽油后，便与我告别互道珍重，冒着大雨继续上路。看着他们俩逐渐远去的背影，孤单的惆怅感又再次弥漫脑际，又只剩下自己了。

等了近两小时雨势稍微缓和后，我才穿上雨衣一身狼狈地骑到了十公里外的恰克图中心的旅馆投宿。按惯例安顿好住处后，便到镇上购买当地电话预付卡，好让手机具有上网功能可使用地图导航，规划接下来的骑行路线。由于昨天（俄罗斯签证生效日）在蒙古多逗留了一日参与那达慕庆典，所以在俄罗斯只剩下24天的时间，接下来只能选择性骑某些路段，并搭配西伯利亚铁路向土耳其迈进。

或许是之前耳闻太多关于俄罗斯人的负面之词，所以对俄罗斯人没有留下友善的好印象，对陌生人保持着高度的警戒心。然而今天所遇见的俄罗斯人，从边境的关卡人员、路上问路的人、旅舍的柜台阿姨到手机店的销售员等，虽然大多无法用英语沟通，但都出乎我意料的友善，耐心地给了我许多协助。骑行在俄罗斯的马路上也没被往来车辆按过喇叭，这里的俄罗斯人开车似乎都不喜爱按喇叭，即使是繁忙的上下班高峰时刻。这点与蒙古和中国的公路礼仪落差颇大，因此也让我对俄罗斯的公路留下了非常好的印象。

从亚洲黄种人的世界，一下子来到充满异国风情的俄罗斯边境城市，对从未涉足过欧洲国家的我，一切都感到非常新奇。恰克图小镇像是童话故事里会出现的那种城镇，人们居住的房子就像是小时候学画房子时，把屋顶画得尖尖、窗户是两个“田”字的那种房子。漫步在镇上的街道，很容易陷入身处童话世界的想象中，前面转角会不会遇见卖火柴的小女孩，或是与拿着毒苹果的巫婆擦肩而过……

## 搭车事件

从恰克图到乌兰乌德（Ulan-Ude）约250公里，一开始本不打算骑行，因为一骑就得耗费至少3天的时间，而坐巴士却只需3个小时，所以隔天一早就来到了这里的巴士车站想改搭巴士。可是小镇里只有小型巴士，若要载上自行车就会占去四个座位，因此司机开价1500卢布（约合人民币280元）。在能省则省的前提下我不想负担这笔额外开销，所以最后还是决定自己骑车上路。

天气晴朗，太阳高照，早晨的气候还有些微凉，得穿上厚夹克。但是经过沿途的上坡和下坡之后衣服便马上湿透，得脱下厚外套继续赶路。或许因为之前曾经过蒙古山路磨炼，所以俄罗斯的山路基本上都还能克服，沿途也能顺利找到吃饭喝水的地方。和蒙古最大的不同是这里的山路有大树，骑累了还可以在树荫底下稍作休息。

骑到了下午时分，正想填饱肚子时，经过了唯一一家开在马路边、主要给经过这里的卡车司机提供午餐的俄罗斯饭馆。一走进店里，我这唯一的亚洲人立刻引起了用餐客人的瞩目，大家对我的来历充满好奇，注视着我的一举一动。语言不通的我，只能向老板比划着要跟隔壁桌一样的食物。

后来其中一桌酒兴正起的三个客人以俄文和简单的英文单词跟我搭讪，要请我喝伏特加烈酒。他们差不多已经喝醉了，加上他们人多势众，彼此语言又都不通，感觉若当面拒绝他们的好意可能会引起他们的不快，最后只能入乡随俗以酒会友，并被他们要求连干了六小杯的伏特加烈酒。俄罗斯人爱喝伏特加，不分昼夜都爱喝上一杯，就连大白天也经常能看见醉汉手持伏特加酒瓶醉倒在路边。高达40° 酒精浓度，入口顺滑却后劲十足，的确很容易让人喝上瘾。

烈日下的俄罗斯公路上，我摇摇晃晃地骑着单车。刚刚午餐时被已经喝醉的热情俄罗斯人要求干杯的伏特加烈酒开始发威，加上太阳的热力，让我骑得昏昏欲睡。不巧这路段却没有树荫可以休息，只好即刻停在马路边，坐在单车椅垫上，用厚毛巾包住头，站着趴在自行车的把手上，闭目小憩片刻。

不久，一辆吉普车经过并在前面不远处停了下来，然后倒车来到了我面前。右座女乘客拉下车窗，用英文问我是不是要去乌兰乌德，他们可以顺道载我一程。我当然是求之不得，上车不久就即刻昏睡在车里。这对来自蒙古移居俄罗斯的好心夫妻一直把我载到了市区，还帮我找便宜酒店入住，并和旅馆人员杀价，我除了连声说“斯巴西巴”（Spasiba，俄文“谢谢”）外，真是无以回报。

## 被亚裔俄罗斯少年欺负

乌兰乌德是俄罗斯联邦的布里亚特共和国首都，东西伯利亚的第三大城，也是我在俄罗斯经过的第一个城市。当雨后放晴，天空蔚蓝，白云朵朵，徐徐凉风交织出骑车漫游城市的好天气，我骑着单车来到了乌兰乌德的中央广场。这里竖立着世界最大的列宁头像，人们吃着冰淇淋，或走或坐围绕在播放古典音乐的音乐喷泉旁，悠闲地在广场散步或歇息，一片安逸和乐。奈何签证逗留时间有限，只能在这里停留一天，隔天晚上就得按计划改搭夜班的火车前往下一个城市伊尔库茨克（Irktusk）。

在俄罗斯的头三天，一切都如此的让人赏心悦目，也遇见不少好心的俄罗斯人，得到了许多帮助，这让我对俄罗斯人放下了戒心。没想到就在离开乌兰乌德之前去杂货店门口买东西时，发生了被四个亚裔俄罗斯少年欺负的事件。

这四个不良少年，光天化日之下喝得醉醺醺，硬是要跟我借单车来骑，其中一人还开口向我索钱买酒。我感到有些来者不善，先假装听不懂他说什么，后来他要求我让他试骑一下单车。为了避免得罪他们，我一边无奈地担心着单车的安危，一边让他和其中一个同党轮流试骑。就在第二个人试骑完之后，第三个和第四个人也跟着想要骑，而我想快点离开他们的纠缠，硬说要走不再让第三个人试骑，把单车抢了回来。结果，当中一个人就在我骑上单车准备离开时，用脚狠狠地踹了我的屁股一下，并生气地对我说了一堆听不懂的话。虽然当下感到好端端被人欺负非常不爽，但他们人多势众，最后还是决定走为上策。事后想起不免庆幸，还好事情发生在白天，他们身上没带武器，算是躲过了一劫。

## 5000 公里西伯利亚铁路温暖之旅

因为在俄罗斯受到旅游签证只有25天的限制，我开始改以火车代步，来到了西伯利亚的伊尔库茨克。由于时间所剩无几，不容许我四处游山玩水，所以当机立断买了火车票直接前往莫斯科，心想至少要在剩余的时间里把首都看个仔细。于是耗时4天、80小时、共5000公里的西伯利亚铁路之旅正式展开。

在俄罗斯可以直接把单车当成随身行李搬上火车，无需像在中国和蒙古一样额外付托运费，前提是在上火车前得把单车的前后轮拆下来，并用胶带捆绑好。由于火车上空间及走道狭小，还得费上一番工夫，才能把单车和四个笨重的马鞍行李包放到车厢卧铺床上头的行李柜。

昨夜开往莫斯科的81号列车上，在我汗流浃背搬单车上火车，又和火车车长语言不通时，Andrey是唯一一个挺身而出帮我翻译，并协助我把单车放上火车行李柜的好心俄罗斯人。今早他用尽了他所会的简单英语与我聊天，从旅行聊到梦想，还聊到充满哲理的人生课题。适逢转换人生跑道的他说：**“人和动物最大的不同是，人可以选择自己要走的路，然后义无反顾地沿那条路前行。裹足不前**

**的时候得加快马力和速度，太快而错过许多美丽风景时得放慢步伐。重要的是你是否走在你想走的路上？”**

火车上的风景不断消逝变换，一站又一站，有人到站下车，也有人上车。第二天Andrey到站下车后，少了聊天的伴有些许的落寞，我又回到了一个人安静的常态。每天从车窗外可看见一望无际的宽阔大地，看美丽的日出和日落，或看着月色缓缓入睡。最期待的事情是其间停靠较大的车站时，列车会停留较久的时间，这个时候可以外出走动透透气，顺便购买一些食物和饮料。在蒙古时为了减轻骑车的重量，我已经把带来的书全数邮寄回家，所以非常后悔没有留本书在身边，如今在狭小的卧铺车厢里，每天能做的事只能是吃、喝、拉、撒、睡，或是观察形形色色的乘客，想象着他们的故事打发时间。

由于我乘坐的是价格最便宜、没有隔间的卧铺车厢，所以四周的俄罗斯人一览无遗。车厢里我是唯一的黄皮肤亚洲人，自然也引起大家对我的好奇。虽然语言不通，但每当经过照面时，大多数人都会对我露出善意友好的微笑，有些还分享他们的水果及食物给我吃。在车厢生活的日子里渐渐也能开始感受到俄罗斯人的温暖。

## 来自西班牙的单车旅人 Mike

抵达莫斯科时是周末的清晨，走出莫斯科火车总站，天空才泛起鱼肚白。或许是因为周末的关系，骑往青年旅舍的路上意外的几乎没有什么车辆。此外，迎接我的还有阳光洒落在古典欧式建筑上的美丽。虽然有很多冲动想拿起相机，但还是抵挡不了80小时火车之旅以及时差所造成的困意来袭。

抵达莫斯科的第一天，在寻找青年旅舍安顿下来的路上，我就在马路边遇见了一位来自西班牙的单车旅人Mike。他从西班牙出发经过欧洲来到了莫斯科，接着还要骑往蒙古和中国。他比我早一天抵达莫斯科，像是许久未遇见的人，我们很快便成了朋友。后来，他搬来和我住在同一间青年旅舍，我们一同到超市采买食材，一同在旅舍厨房煮晚餐，一边喝啤酒一边分享彼此的经历。

40多岁的他并非第一次单车旅行。他每年做几个月的散工，赚足了一笔钱后便开始出发骑单车旅行，足迹已经遍布世界各地。他的行囊很轻便，只带了两套换洗衣物、睡袋、帐篷和炊具，没有带相机，也不用手机，更不用计算机。他不执著于眼前的美丽风景，也不眷恋偶遇的过客，所以不使用相机记录，也不交换电邮或电话，单纯只用心灵去感受沿途景致，把握当下拥有的缘分。他说他只需要一张地图和一张嘴就可以骑游世界。和我这贪图享乐、执著于拥有什么的单车旅行不同，他才是我心目中真正的单车旅人。

吃完晚餐后我们一起前往著名的红场散步。当克里姆林宫像个童话城堡般终于完整出现在我面前时，我故作镇定地不急着拿出相机，而是学他单纯地只用心来感受眼前的克里姆林宫与红场所带来的视觉震撼。夕阳下我们正对着克里姆林宫席地而坐，一边喝着啤酒，一边看着熙来攘往的游人，不发一语地等待夜晚悄悄降临。夜晚的克里姆林宫和红场亮起了璀璨灯火，一切都美得好不真实。心底有些许感动，自己竟然来到了这个曾几何时一度觉得非常遥不可及的城市。

## 旅行的过程才是目的地（Journey is destination）

除了单车旅人Mike，在俄罗斯我也与一名来自葡萄牙的背包客Jorge有了人生的交集。Jorge从事的是一份人人向往的工作，他是一名旅游作家兼背包客向导，几乎一年四季都在四处周游列国。这一回公司派他来俄罗斯收集资料和规划一条适合背包客玩家的旅游路线。此外，Jorge也是个单车旅游的爱好者，曾经和朋友两人，仅仅以1000欧元（约合人民币8200元）为限，展开了一段从葡萄牙一路省吃俭用到非洲的艰难路线，之后还出版了两本相关的单车旅游书籍。

在Jorge的手臂上有个阿拉伯文刺青，我好奇地问他是什么意思，他解释说这是阿拉伯文的“Journey is destination”。**旅行的过程才是目的地，去哪里看到了什么景点其实都不重要，重要的是旅行过程本身所带给你的感受和体会，同时能否在这样的过程里发现更多的自己。**

我顺着命运的安排，来到了非计划中的俄罗斯首都莫斯科，或许就是要让我遇见Jorge，看见他手臂上的刺青，并从他口中得知这么一段感同身受的话，而最后成为了这本书《无期途行的“骑”迹》的英文注解。

在莫斯科的最后几天，我们像是认识许久的老朋友般一同四处游览观光。除了著名的红场和克里姆林宫，莫斯科让我印象深刻的还有非同一般的地下铁建设。据说在苏联时代，莫斯科地铁耗资数以百万建设而成，每一个地铁站都有不同的风格和主题。穿梭在各地铁站时，经常可以看见导游拿着旗帜带领着一批又一批的观光客，一站又一站地参观。大部分的车站内部富丽堂皇得犹如地下宫殿，有的像是博物馆，有的像是科幻片的场景，有的像是华丽的教堂，每到一站都有不同的惊喜，让人看得目不暇接，让我不时发出赞叹声。

这里的地铁班次非常密集。当站台上忙着上下班的人潮与游客的镁光灯此起彼落时，我感觉像是置身在电影的场景里，仿佛每一个转角、每一个擦身而过的小人物都有个故事，可以从地铁站里悄悄展开。而作为旁观者，此刻正说着内心独白的我，也在这里展开了属于我的人生另一阶段的骑行故事。

离开莫斯科前夕，大雨滂沱，每当计划赶不上变化时，天空总是下着雨。我穿着雨衣，在湿冷的空气里骑着单车来到了单车店，向老板索取装单车上飞机的纸箱。单车装进纸箱后，我便把单车留在店里请老板帮忙保管，待明天乘出租车去机场时再顺道来取回。

是的，随着际遇变动，不得不坐飞机代步的时刻终于到来了。俄罗斯旅游签证有25天的限制，在俄罗斯改以火车代步停留了20天后，我原本预留了最后4天计划要从索契（Sochi）搭渡轮前往土耳其的特拉布松（Trabzon），但渡轮却突然临时取消。于是我不得不在旅游签证到期前改以飞机代步离开俄罗斯，直飞土耳其的第一大城市伊斯坦布尔（Istanbul）。明天此时，我应该就会在飞往土耳其伊斯坦布尔的上空中。马来西亚护照可以免签证在土耳其逗留90天，所以不会再受签证限制，可以在土耳其慢慢地享受骑单车旅行的乐趣。

有个家喻户晓的故事

“木马屠城”

# 土耳其

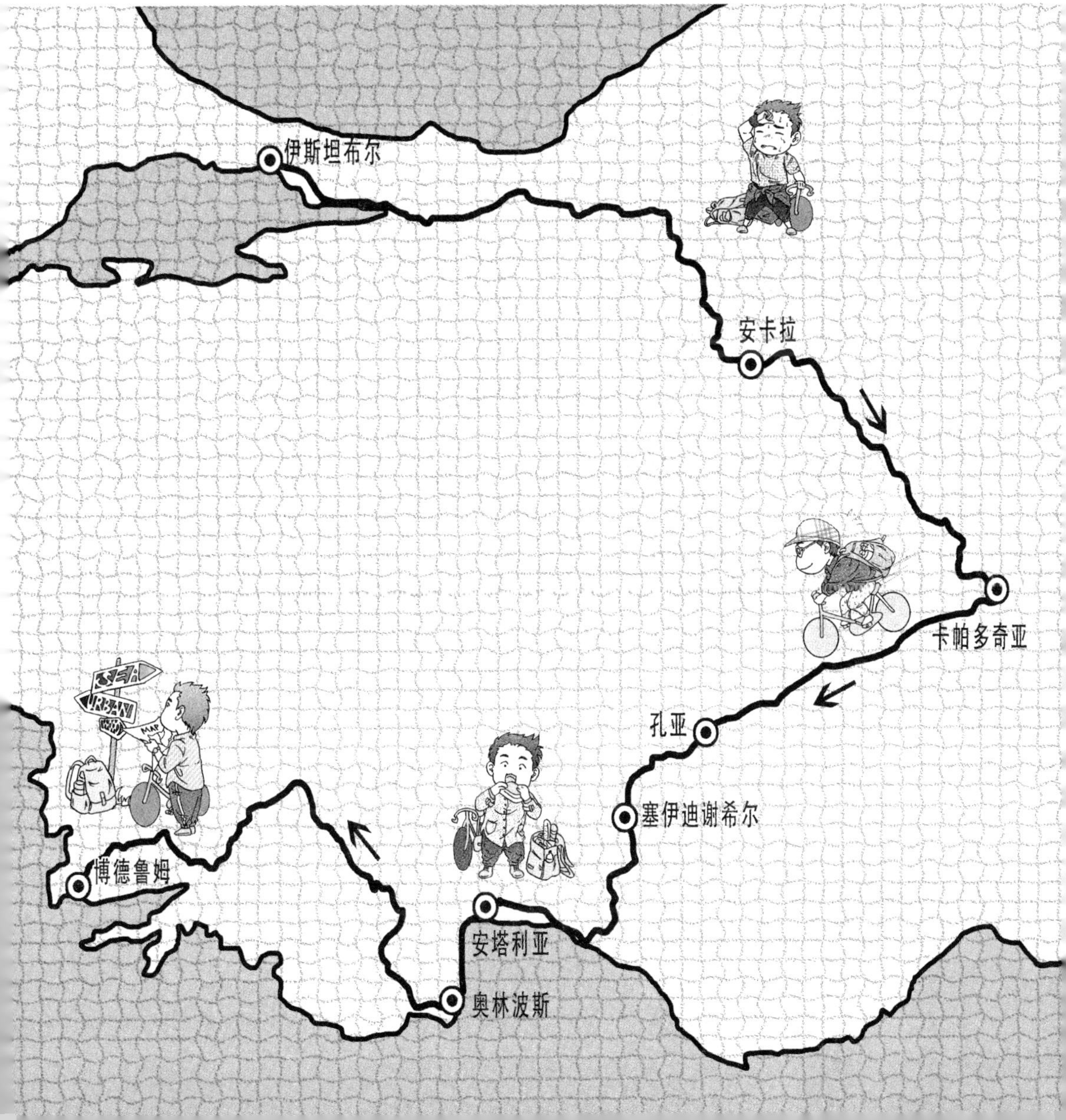

蜿蜒曲折的路总会让人有所期待

眼前的上坡之后

应该就是下坡了吧

就这么一直期待，一直落空

然后再期待，再落空

直到下坡路终于出现，回望骑行过的山路

原来并没有想象中的艰难

## 我成为别人眼中的风景

赶在俄罗斯签证逾期前，我带着单车从莫斯科搭乘飞机来到了土耳其第一大城市伊斯坦布尔。第二天早上在连接亚洲和欧洲的渡轮码头边，我边吃着香甜的水煮玉米充饥边看着海鸥在湛蓝的海上飞翔时，一名土耳其男游客走了过来用英文问：“May I take your photo（请问我可以拍你的照片吗）？”此时我才意识到，原来我也成了别人眼中的风景。

伊斯坦布尔是个依山势而建的沿海城市，中间有一条博斯普鲁斯海峡把它分隔成欧洲区和亚洲区，亚洲区属于民宅区，而商业中心和旅游景点则集中在欧洲区。山势的最顶端耸立着一座庞大的伊斯兰教堂，每天无论身在何处都能听见伊斯兰教堂诵经的广播。就像是住在台北九份一样，生活在这座城市里，每天都可以居高临下俯瞰到美丽的海景。位于旅游区的酒店和餐厅几乎都标榜坐拥无敌海景，就连免费赞助我住宿四晚的青年旅舍Orient Hostel，其阁楼上的附设餐厅也有美丽的海景可以观赏。

独立大街（Istiklal Caddesi）是伊斯坦布尔最热闹的一条商业街，街上除了人来人往的游客外，还有两辆复古的223及410号红色电轨车穿梭其间。由于行驶速度不快，所以时常能看见年轻人从路边跳上车，站在车的边缘，形成伊斯坦布尔特有的风景。一个人走在这条繁忙的街道上，时常会有伪装成也是游客、样貌友善的土耳其男人主动过来搭讪，之后他们惯用的伎俩就是邀请你到附近酒吧喝一杯，若你傻傻跟去，就很可能会变成最后买单的冤大头。

在青年旅舍里我就遇见了一名标准的受害者。来自日本的背包客Gen被搭讪后，跟去酒吧喝了一杯啤酒，之后却陆续来了他们的女性友人并点了昂贵的酒，结账时却要他全数买单，由于他身上没带那么多钱，他们就仗着人多挟持他到提款机取款，结果一杯啤酒付了700里拉（约合人民币2100元）。

小时候唱过一首海鸥儿歌，却从未真正看见过海鸥。在伊斯坦布尔的海域有很多海鸥，每天都能看到海鸥在天空翱翔，或在水面上随着波涛起伏，漂流在海面上。偶尔不想动的时候，海鸥喜欢在路灯上歇息，像我一样若有所思地望着远方。儿歌里的海鸥在找寻理想，我想我也是，进入土耳其后，从地图上看终点伦敦，其实已经不太遥远了。

## 一波三折露宿街头

伊斯坦布尔是很多游人眼中的万人迷，但很遗憾地并没让我留下太多依恋，总觉得它有太多过于矫饰的美丽，就像伊斯兰教堂里富丽堂皇的装饰，能让人惊艳却无法让人细细品味个中内涵，我还是比较喜欢有内在美的城市。所以，在伊斯坦布尔吃喝玩乐了十天后，我已迫不及待骑往下一站，展开新的骑行冒险。

休息了许久后再度骑车，沿着D100海岸公路南下骑往首都安卡拉（Ankara）的首日，可想而知骑起来当然非常力不从心，骑到晚上都没能骑到计划要到达休息的城镇。赶紧在入夜前比手划脚地询问了几个当地居民，才得知这个小村落附近并没有旅馆可以投宿。经过一整天骑行，一身汗臭又饥肠辘辘，早已经没有力气再往下骑。第一天本来应该好好休息才对，但看来今晚只能露宿街头了。这是从新加坡出发至今第一次一个人露营，我想这是一条海岸公路，应该不难找到一个安静无人的露营地点。

经过一个24小时营业的加油站，我向工作人员询问附近可有适合的露营地点，他们建议我在加油站隔着一条马路的对面空地上搭营，表示晚上这里有人可以互相照应，比我自己一个人在海边露营安全许多。加油站有厕所，可以进行简单的梳洗，有电力供应可为手机充电，还有小商店可以买水喝，的确比起什么都没有的无人海边方便和安全许多。于是，这个加油站便成为了我今晚露营的地点。

一切安顿好后，加油站的工作人员非常友善和热情地招待我吃晚餐。土耳其人是无茶不欢的民族，所以也喝了很多土耳其红茶。住在附近的小孩听闻有个外国人，也都好奇地跑来与我聊天，还给我送来面包充饥。此外，在加油站里还可以看到形形色色前来加油的顾客，与他们利用手机翻译辞典来闲话家常也非常有趣。在这里露宿唯一的缺点是，必须忍受马路上往来车辆发出的噪音，所以晚上睡得并不太安稳。

隔日一早向加油站工作人员道过谢后，我便继续沿着海岸公路南下。然而就在抵达休息城镇前的最后五公里，轮胎却突然爆胎了。这一次爆的不只是内胎，连外胎也爆了，由于没有备用外胎可以更换，心想反正只剩下五公里，不算很远，慢慢推行也可以走到休息的城镇，便没有打算向路过车辆寻求帮助。没想到推行了约两公里后，身后一辆呼啸而过的大卡车突然在不远处停了下来，心想他该不是为我停下来的吧？如果是的话，土耳其人也未免太热心了吧？

果不其然，卡车司机真的就是为了我把卡车停下来的。故事原本可以在司机把我放在城镇后画下完美的句点，但问题出在司机把我放在了城镇另一头的工业区里。此时，四周除了加油站外，其他地方都一片漆黑，向加油站员工询问附近哪里有旅馆投宿，得到的回答竟然是五公里外才有。于是只好在四周漆黑一片的工业区继续缓慢推着车子往旅馆方向前进，就在推行了500米后，一对吃完饭在自家店屋二楼阳台上纳凉的土耳其父子见我落寞茫然地推着车子经过，心生怜悯，主动与我打招呼。在得知我的处境后，二话不说就用自家货车把我载到了城镇的便宜旅店，同时告诉我明天可以去哪里修车，这让我又再次领略到土耳其人不求回报的热心肠。

## 我不是穆斯林

在土耳其骑单车旅游，最常被当地人问到的就是：你是不是穆斯林？根据不同的情况与对象，有时候我会摇头说不是，有时候也含糊点头假装是。但每当说不是的时候，心里多少有些许不安，因为通常他们会继续追问那你是什么宗教信仰，是基督教？还是佛教？心底的不安来自于，若说是其他宗教，可能会引起他们的反感，或是瞬间细微冷淡的表情。由于我并没有特定的宗教信仰，所以我通常摇头说都不是。然而，假装是穆斯林的话，当地人则会对你加倍的热情，临走前还会跟你侧脸碰侧脸道别，这是当地人对喜欢的人打招呼与说再见的方式。

从伊斯坦布尔出发骑行后的第八天，我抵达了土耳其的首都安卡拉。为了节省住宿开支，沿途我开始利用沙发客网站（Couchsurfing）寻求免费住宿，当起了沙发客。但毕竟是住在第一次见面的陌生人家里，生活习惯与作息都不相同，所以难免还是有一些无法很自在及方便的地方。例如，经常得一早就在外面闲逛，到晚上等主人下班回家后才能回去等。当然最大的好处就是能结交当地的新朋友，遇上投缘的主人，他们甚至会当起导游带我到处参观。

离开安卡拉的早晨，我把还在熟睡的沙发主人叫醒与他们告别。这是前晚入睡前，沙发主人Mustafa特别交代，不能一声不响地走掉，叫我一定要把他叫醒。虽然与他们只有两晚的短暂相处，却有许多让人倍感温馨的时刻，从初次见面仅握手的陌生，到离开时以侧脸碰侧脸亲昵道别，我感受到了人与人相遇相知的温暖，心底充满了感激。

## 热气球梦境——卡帕多奇亚

一路上时常感觉到某个场景、某个片刻或某段遭遇有种模糊的似曾相识感，仿佛在梦境中就曾到访过，仿佛在梦里就已经历。离开土耳其首都安卡拉继续南下，某天入夜时骑经一处建筑工地，十多只野狗挡住了去路，对我虎视眈眈地狂吠，让人觉得非常不安。于是我停下，不敢继续往前骑。此时，一名驻守在工地外的警卫伯伯突然出现喝止了这群野狗，并护送我安全通过工地。事后回想，梦里好像曾有过类似遭遇，好像在梦里就见过警卫伯伯，那和蔼可亲的笑容陌生却又熟悉。

四天后我顺利抵达了土耳其的旅游胜地卡帕多奇亚（Capadoccia）。一骑进这到处充满奇山异石、犹如置身在其他星球的地域，手中的相机已拍不出眼前的壮阔风景。风的低语，阳光洒落的痕迹，还有人们目光里透露的温柔，仿佛也都曾在梦里出现过，于是便执意地认定这里是我的梦中之境。我在梦中之境可说是如鱼得水，不但有Elysee Pansion旅馆免费招待两天一夜住宿，还有Butterfly Balloons公司让我免费乘坐热气球，飞上海拔2000米的高空，俯瞰卡帕多奇亚这片神奇的大地。

每天黎明破晓前，卡帕多奇亚的天空总是非一般的热闹，来自不同公司为数众多的热气球从四面八方一个接一个地缓缓升空，迎接清晨的第一道曙光。热气球里除了有正副驾驶员外，连我在内共16名乘客。我们分别被划分在篮子内的四格区里，每区约可站4人。按捺不住第一次乘坐热气球的紧张与兴奋，占好了一个绝佳摄影位置，等待热气球离开地面。当热气球缓缓升起的那一刻，只能不停地按快门，想尽可能把所见的一切，所感受的壮丽景色，全都记录下来。

随着海拔逐渐升高，风景也越来越壮丽，海拔2000米的高空中，我与刚破晓的太阳平视，呼吸着微凉的空气。热气球里除了驾驶员没有人在说话，只听见游人的赞叹惊呼、热气球呼呼作响以及相机咔嚓声此起彼伏。

天空很少出现大片的云朵，只有无尽延伸由深至浅的蓝，眼底下时而是绵延不绝的山峦黄土，时而是奇形怪状的火山岩地势，时而让人仿佛身处荒凉的异世界，时而又依稀看得见渺小的民宅炊烟。从高处俯瞰，田埂阡陌纵横的柔和曲线及古人栖居的石窟洞穴也都能一览无遗。一小时的航程就如同置身在美丽的梦境一般，意犹未尽。热气球安全降落后，驾驶员按照惯例开香槟庆贺，大家有缘共乘热气球，人人手握一杯香槟互相干杯，庆祝平安降落的同时，也为热气球之旅画上了完美的句点。

## 回旋舞的故乡——孔亚

老天爷不让我有机会偷懒，原本今天只打算骑往距离卡帕多奇亚40公里外的小镇，但是在抵达小镇后却没有旅馆可以投宿，而且距离天黑的时间又还很早，也不想露营，于是便决定继续骑往95公里外的城市。为了能够不在入夜时骑车，最后的25公里，可说是拼了老命在骑，无论上坡还是下坡，全程都以最高档的速度骑行，但最终还是不能如愿，一直骑到太阳下山，看着晚霞没入黑暗，月亮升起高挂夜空后才抵达，也把自己累得像条狗一样。虽然赶着路，遇到心动的景色时还是会刻意停下单车，拍了照再继续上路，美丽的晚霞或许就是今天赶路的最大收获。

星期五的夜晚，当大家都在下班准备欢度周末时，我则又是经过一整天的长途跋涉顶着疲累的身躯来到了土耳其中部城市孔亚（Konya）——土耳其回旋舞的故乡。来到回旋舞的发源地，当然不能错过欣赏回旋舞。很幸运是的每个周六晚上，在文化中心里都会举行一场回旋舞供游客免费观赏，在这里可以观赏到多达30名身穿白裙头戴高帽的舞者同时回旋的壮观场面。

回旋舞，严格说起来不是舞，更像是宗教仪式，是由土耳其伟大的宗教领袖梅拉夫所发明的宗教舞蹈。看着舞者沉醉在回旋世界里，搭配上宗教音乐和不同颜色的灯光，犹如让人置身在神秘宗教氛围里。别以为舞者只是在原地转圈圈那么简单，一般人若自己在原地转上个十圈，大多都会出现头晕站不稳的情况，而这里的舞者却丝毫不受影响，让人大感佩服的同时，也让我想起小时候喜欢在原地转圈圈直到头晕突然停下，看着原本熟悉的场景突然变成陌生，沉醉在那短暂却美妙的歪斜世界里。不知舞者们是不是也一样，喜欢沉醉在那个美妙世界里？

## 漂泊的日子——骑行 365 天纪

一个人在路上漂泊的日子转眼就迈入一周年。每一天，我让这过程丰富着自己的生命。友人一个个结婚生子、买车买楼，有时候我也会问自己：“在这过程中究竟获得了些什么？”

早晨6：15分，手机预设闹铃响起，我挣扎着起了床，看见窗外天气阴霾像要下雨的样子，心想不如赖床多睡一个小时，若下雨今天就不骑车了。一小时过去……两小时过去……三小时过去……雨没下，阳光却出现了，所以今天没有借口不骑车，最后还是起了床，继续面对今日该面对的山路。梳洗完毕收拾好，把行囊放上车，时间已是早上10：30分，今日找不到早餐吃便开始骑行。入秋后的土耳其，有阳光时温度约16度，若下雨便会骤降至8度。感谢老天爷没有在我汗流浃背、奋力爬坡时突然下起大雨，反而在我舒服地在加油站附设的餐厅吃着午餐、喝着热乎乎的土耳其红茶时才下雨。

刚刚路上经过警察临检站，警察看我在吃力地爬坡，对我微笑着做了个何苦的手势。我只能苦笑着响应，却没法告诉他这是为了经历属于自己的旅行，是为了圆一个自己觉得或许可以完成的梦想。有时候在路上，我会被自己感动，想象着抵达伦敦的那一天，想象着回到家的那一刻，想象着那完成梦想后的喜极而泣。就这样在路上静静地想象着，让眼泪尽情滑落。

或许，这就是我最大的收获。我坚信所有经历的过程都不会是浪费，即便别人认为，甚至自己偶尔也会认为，这是在自讨苦吃。我时常在面对一座又一座迎面而来的山脉时，汗流浃背地告诉自己：“踩好眼前的路吧！”前面的山虽然高，但我只需要踩好眼前的路就好，只专注于看着当下眼前的路，一圈一圈地慢慢踩着，不知不觉地竟然也就踩过了山头。

## 期待，落空，再期待

离开孔亚继续向土耳其南部前进，Google地图上显示，从孔亚骑往南部300公里外的滨海度假胜地安塔利亚（Antalya）必须经过海拔2000～3000米的山路地段，土耳其骑行真正的挑战似乎明天就要开始。隔天一大早天未亮，简单以两个苹果果腹便出发上路，骑了100公里的山路抵达塞伊迪谢希尔（Seydisehir）小镇时，人已虚脱，全身无力，一直撑到晚上9点才吃晚餐。太饿吃东西会由于血糖急速上升招来困意，经常得一边力抗昏昏欲睡的双眼，一边记录当日的心情。

从土耳其北部的伊斯坦布尔南下边骑边玩了40天后，终于抵达南部的滨海城市安塔利亚。安塔利亚是个海山一色的美丽古城，很适合每天看着宁静的海发呆或思念，让人轻易就喜欢上这里，所以这一待就住了好几天，舍不得离去，也让我的荷包大大失血。今早一骑出这美丽的滨海城市，迎面而来的就是绵延不绝的高山，傍晚天色渐暗时，我已经骑了85公里，精疲力尽。所幸最后的10公里是连续的下坡路，但入夜后山区没有路灯，只能靠着微弱的月光，小心翼翼地缓速下坡前进，心底其实有一种小得意，今天我又成功克服困难战胜了自己。

在土耳其骑行近一个月，从开始平坦笔直的路到现在高低起伏的蜿蜒山路，前者虽然骑起来轻松却非常无聊，直直的一条看不到尽头的路，前面有什么风景一目了然却少有惊喜。通常这个时候，我就会打开mp3戴上耳机，一边听一边大声地和唱，在无人的山谷里毫无顾忌唱到破音的感觉真好。

高低起伏的蜿蜒山路虽然吃力，但坡爬得越陡越高，下坡的回报也是对等的，意想不到的美丽风景也常常隐藏在蜿蜒的转角处。此外，曲折蜿蜒的路总会让人有所期待，心想过了这个上坡，前面应该就是下坡路了吧？就这么一直期待，一直落空，然后再期待，再落空。直到下坡路终于出现，期待终于实现的时刻，同时也会发现，原本以为会很艰难的山路，竟然没有想象中的艰难。

## 生命像公交车有人上车有人下车

昨日山路崎岖，骑到全身酸痛元气大伤，所以吃完晚餐洗完澡后就昏昏欲睡，一觉到天亮，没有能仔细地看清楚招待我免费吃住三天的树屋青年旅馆。这家国际青年旅舍Kadir's Top Tree Houses位于奥林波斯（Olympos），木造的树屋门面搭配上不同的彩绘图案、画作并用马车轮装饰，展现了独具的风格与特色，成为最受背包客欢迎的旅舍。虽然现已过了旅游旺季，住客仍然络绎不绝。树屋就建在一些树上和山壁周边，绿意盎然的风景搭配清新的空气，住在这里心情自然开阔。其中最让我津津乐道的是这里每天免费供应吃到饱的自助式早餐和晚餐，早餐可以吃到我最爱的半熟荷包蛋，晚餐则有虾、鱼和香喷喷的白米饭，让人大快朵颐。

在南部这片属于土耳其的地中海海域有条海洋公路。这里帆船度假非常盛行，在帆船里你只需准备好放松度假的心情和比基尼，三餐有厨师为你料理，船长还会兼导游带你寻幽探秘，下海畅泳看鱼。夜里凉风徐徐，躺在甲板上观星，或与偶遇的游人过客谈心，如此四天三夜的行程很快就会过去，并能快乐地抵达目的地。感谢V-Go Yatching & Travel让我在离开土耳其前一周免费体验帆船度假，感受在地中海漂流的惬意。

仿佛是冥冥中注定，我大概明了是什么把我牵引到这里，与分别来自荷兰、法国、美国加州及中国香港等共13名乘客相遇，他们告诉了我一条适合在冬天骑往伦敦的路线，于是接下来原本茫然的骑行路线也就逐渐成形，不过热血得要再度沸腾才行！

**生命像辆公交车，沿途有人上车，到站有人下车。还在车里的人继续欣赏沿途景致感受生命喜悦，到站下车的人回到了那最自由的最初，不再受限在公车里，让喜悦充满生命。**

我还在自己轮转着的车里，感受世界和生命的赋予。然而，时间仿佛要我快点到站下车似的，总是感觉到时间一直在催促我赶快继续前进。一转眼在土耳其的骑行又迈入了尾声。此刻，入夜后已经是需要厚夹克的低温，我穿上夹克，买了酒精浓度6%的SATSUMA取暖，身体正被酒精温暖着。明早就得搭乘渡轮离开土耳其前往希腊的科斯岛（Kos Island），又一个全新的开始和挑战。很庆幸，心中还是满怀期待的。

一个充满了浪漫
与神话色彩的国度

# 希　腊

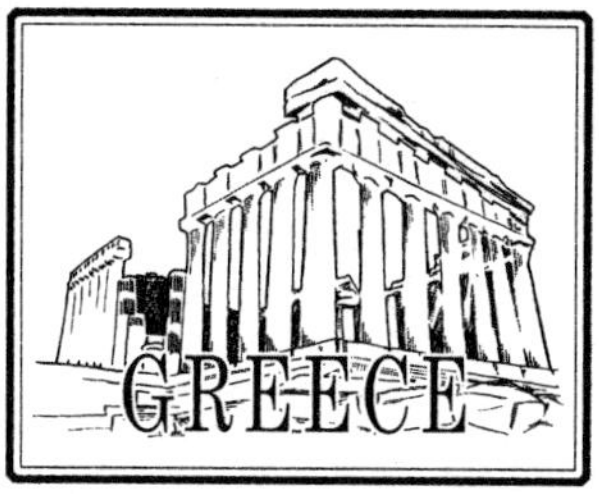


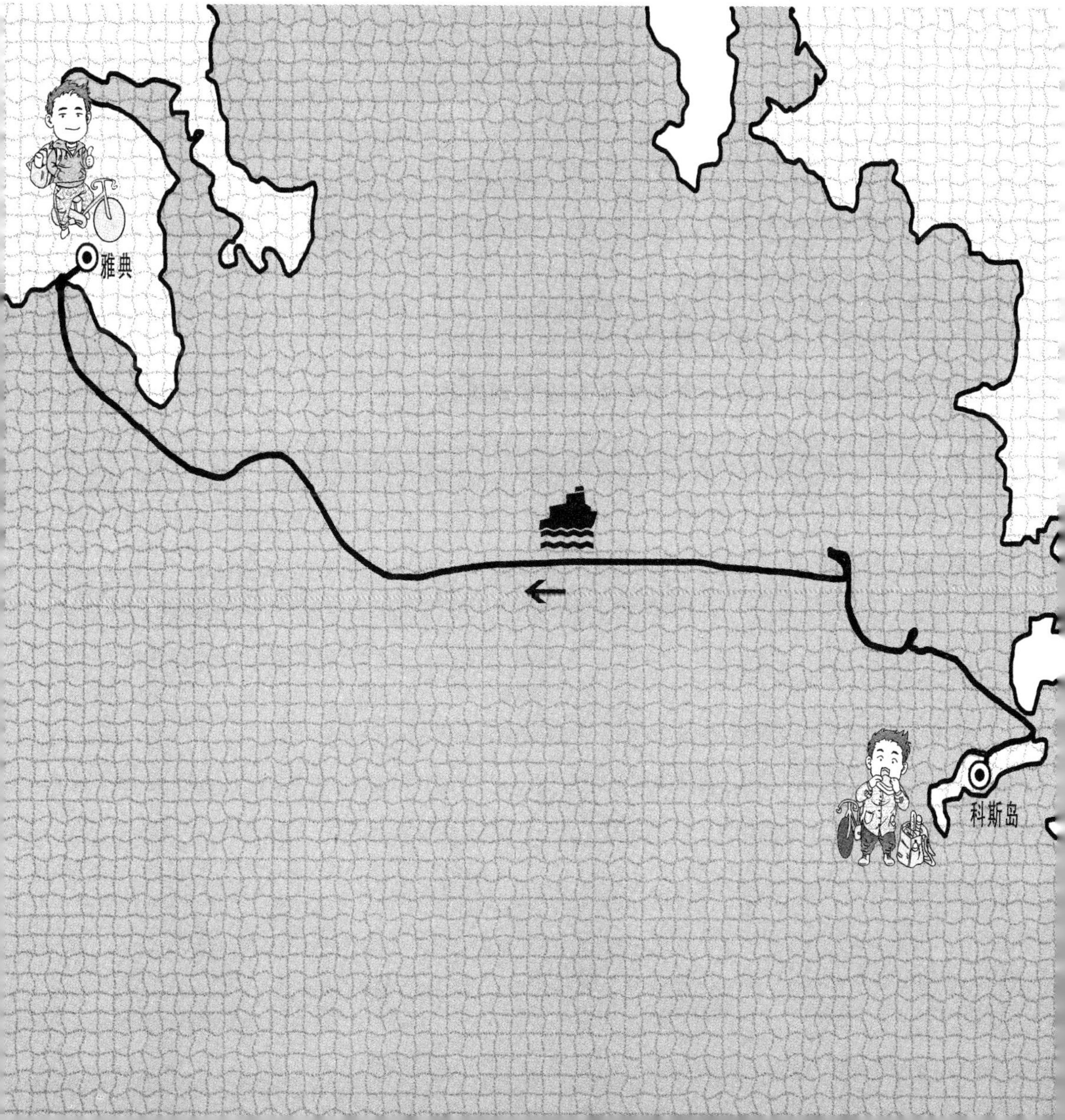

一路都在思考

这趟旅行的意义所在

透过我的游记

人们能收获些什么

我想，我能给你的

或许就是那么一点点筑梦和逐梦的勇气

## 希腊罢工潮搅乱行程

希腊科斯岛距离土耳其博德鲁姆（Bodrum）不远，搭乘渡轮约莫一小时后就能抵达。蓝天白云的早晨，我和德鲁二世顺利搭上了第一班渡轮前往科斯岛，告别了走走停停近三个月的土耳其。渡轮上只有我一个单车旅人，人们对我投以好奇但友善的目光，或微笑着竖起大拇指给予鼓励。我点了一杯热茶，顶着微凉的风，在露台上一边喝茶一边看着逐渐远离的土耳其消失在水平线上。距离英国伦敦又成功迈进了一步，在前方又是一个全新的国度和全然陌生的环境，等着我去体验和感受。

对于希腊的印象一直只停留在明信片上的圣托里尼岛（Santorini）。大多从土耳其出发的游客，多以科斯岛为中转站，从这里搭上往罗得岛（Rhode Island）、圣托里尼岛或首都雅典的邮轮。就像许多观光度假小岛一样，科斯岛海岸边几乎都被度假村、酒店和餐厅所占据。

由于适逢即将迈入冬季，岛上的居民大多已出国避冬度假，所以在科斯岛找不到愿意招待我的沙发客主人，无法如愿在这里借宿别人家当沙发客。渡轮抵达码头，才刚下船就被一位老太太询问是否要找住宿的地方。见她面目慈祥，便向她询问了价格，以便先了解这里的住宿价位。由于价格与土耳其的价位不相上下，便尾随了她的摩托车去看房间。

原来老太太并不是旅馆业者，而是提供自己房子改装的日租雅房，门口只放了个小小的招牌标识：房间出租Room to Rent，若不是有老太太带路，还真不容易发现。房间干净，日照良好，共享卫浴，还有扇窗口可遥望远处的爱琴海，一晚25欧元（约合人民币210元）。于是我便以住宿两晚和老太太讨价还价，最后以两晚40欧元（约合人民币330元）的优惠价入住。虽然有折扣，但对旅费拮据的我来说，欧洲昂贵的旅馆住宿费着实是一笔庞大的开销，得赶紧在到达下一个停留点前找到愿意招待我的沙发主人才行。

安顿好住处后，当然就是得填饱肚子。这里最经济的是Goodys速食店的汉堡快餐，在一般餐厅用餐的价位已可抵一日的住宿费，当然无法负担，于是决定前往超市采买简单的食材自己在房间里偷偷下厨。在超市也能明显感觉到希腊的物价比土耳其又更高了一些，看来在欧洲骑行，不得不再把裤袋勒紧一点。

采买食材完毕，顺道去邮轮公司询问开往圣托里尼岛的船票价格和时间，结果却被告知因为集体罢工潮，前往圣托里尼岛的邮轮已经暂时停运，而且不知道何时会有船班。原本打算在科斯岛停留两日再转搭邮轮，驶向闻名的圣托里尼岛的计划被希腊人民即将爆发的罢工潮打乱。最后，不得不在隔天就搭上交通瘫痪前的最后一班夜间邮轮，直接前往首都雅典（Athens）。经过12小时的航程，早上8：30分细雨纷飞的时刻，我抵达了希腊首都雅典。雅典给我的第一印象是马路非常窄，在只能通过一辆车的单行道两旁还停满了车辆，骑在路上很容易阻挡后方来车，所幸司机们都很有耐心，鲜少对我鸣笛。另外，雅典的清道夫已提早爆发罢工潮，导致沿路垃圾桶的垃圾堆积如山。据说明天开始48小时罢工，机场、码头和地铁等交通也将面临全面停摆瘫痪的命运，看来希腊这次来得真不是时候。

## 第一次感受催泪瓦斯的威力

如果不是为了省钱在希腊首都雅典当沙发客，我就不会被主人带到罢工示威的现场，感受到催泪瓦斯的威力，也不会为这趟旅程留下又一个难忘的体验。以我的个性，遇见这类罢工或游行，通常都会为了安全起见而不会去人多的地方凑热闹，但是招待我入住他家的Vaios的个性却大不相同。

Vaios是个喜欢凑热闹的希腊人，参与示威游行对他来说早已经是家常便饭。抵达希腊雅典入住Vaios家后的隔天一早，电视新闻就开始报导这场由希腊多个工会发起的48小时全国大罢工。受罢工影响，首都机场约150班航班延误，政府部门、法庭、银行等都不办公。这天身为旅馆柜台人员的Vaios适逢休假也不用上班，由于巴士、地铁等大众交通已经瘫痪，所以我哪里都不能去，只能待在家里看着电视里不断播放国会大楼前越来越多示威者聚集的画面。人们在抗议国会即将表决的新一轮财政紧缩政策，新闻号称这是希腊近两年来爆发的最大规模反政府示威游行，从直升机空拍的画面来看，至少已有十万人在国会大楼前示威抗议。

印象中欧洲的示威游行大多是很和平的抗议，所以当Vaios问我要不要去现场拍些照片时，我便欣然同意。我们骑上了各自的单车，向位于市区的国会大楼示威现场骑去。由于人潮聚集越来越多，为了避免单车被偷，我们把单车停放在Vaios工作的旅馆地下室里，然后再从旅游区步行15分钟回到示威现场。人们高呼着口号、高举着布条抗议，现场人山人海万头攒动，媒体记者们为了取得高角度拍摄到全景，纷纷爬上了巴士候车亭的屋顶。不知为何，后来我也跟着爬了上去。

经常参加示威游行的Vaios告诉我，他有预感今天可能会上演警民冲突的戏码，接着我们便向国会大楼走去。烈日下，我们站在人群里等待即将上演的好戏。示威者持续高呼口号抗议，不时能看见有人开始戴上口罩或防毒面具。国会大楼前早已经架设好铁拒马，镇暴警察拿着盾牌待命，准备迎接即将爆发的冲突。远处少部分激进的示威者开始向警察丢置石头和玻璃。当带着火苗的汽油弹在天空划下第一道弧形击中警察时，人们高声欢呼鼓励。此刻，和平示威已经变调升级，场面开始失控，示威者投掷汽油弹，警察以催泪弹还击，一波波白色气体开始弥漫并向我们袭来。Vaios赶紧教我捂住鼻子，闭上眼睛，背向气体。为了安全起见免遭流弹波及，示威人们开始逃离国会大楼，我们也赶紧往旅游区Vaios工作的旅馆奔走回去，场面已经彻底混乱失序。走到半路还有示威者开始破坏商店玻璃，因为罢工而四处堆积如山的垃圾也成了他们到处纵火焚烧的报复工具。我们得不断绕道而行，最后好不容易才安全走回旅馆，惊险得就像是拍电影。

生平第一次感受到催泪瓦斯的威力，感觉就像瞬间有好几百人在同时切洋葱，眼睛被熏得刺痛无法睁开。而示威民众也早已想好了对策，除了口戴防毒面罩外，也有小贩现场兜售泳镜保护眼睛。同时还有减缓催泪的白色液体，像是石灰水，只要往脸上喷一喷就能逐渐减缓催泪的难受感，但是当液体干后会在脸上留下大片白色水迹变成白面人。原本以为示威冲突不会波及游客聚集的旅游区，但最终也难逃被波及的命运。渐渐的Vaios工作的旅馆里也开始能闻到催泪瓦斯的难闻气味，旅馆铁门也早已经拉下暂停营业，我躲在旅馆里惊魂未定。今天的示威只是个序曲，明天还会有另一场示威游行，只能祈祷最后能以和平落幕。

## 红灯区历险

很遗憾，雅典留给我的第一印象不是古罗马帝国的遗址卫城（Acropolis），而是街道上随处可见的垃圾和宣泄性涂鸦。为期两天的示威游行落幕后，雅典回复昔日的平静，而我也在Vaios的家住了四天。由于不好意思再打扰他，便决定搬到市中心的青年旅舍，这样才有机会好好欣赏这座历史古城。街道上人们忙着清理垃圾及善后，途经的历史建筑物上到处可见恶意涂鸦，让人不免感伤，历史古城已经变得满目疮痍。

离开Vaios的住处，我搬到位于市中心奥莫尼亚区（Omonia）的国际青年旅舍里。后来经友人告知，我才知道这里是雅典的红灯区，许多黑人小混混都聚集在这里，因而也延伸出许多治安、抢劫、吸食毒品等社会问题。友人也千叮咛万嘱咐入夜后一个人外出要特别小心，千万别走进无路灯的巷弄里，也不可随意拿起相机拍照。因为在巷弄里可能会撞见有人在吸食毒品，也很容易成为他们抢劫下手的目标，住在红灯区里，涂鸦更是多到数不清，原本该散发怀旧风情的老街区被涂鸦破坏殆尽，也让我不再有拿起相机的冲动。

千里迢迢来到雅典，当然不能不去参观这里的地标古迹卫城。适逢卫城正在整修，我选择远远地观赏不花钱买票进去，沿途还遇见好几位大叔向我搭讪。他们惯用的伎俩如出一辙，以询问你现在几点开场，待你回答后就继续追问你从哪里来，之后就会和你攀关系，说去过马来西亚很多次，或说有很多马来西亚朋友，然后就邀请你去附近的酒吧喝一杯。

参观完卫城后，由于时间还早，我便漫无目的地走在旅游区里闲晃拍照，此时又有位大叔向我搭讪，由于想知道若跟他走会发生什么事，便在好奇心的驱使下跟他去了附近的酒吧。一进酒吧就感觉气氛有些不对劲，吧台站着的是一个穿着旗袍的韩国女子，我脑中也即刻浮现出某部黑道打斗电影的画面。由于时间还早酒吧里没有什么客人，但从酒吧女子闪烁的眼神里隐约觉得事有蹊跷。虽然大叔一直说要请我喝酒，但说不定背后藏有什么阴谋诡计，于是赶紧推脱说临时有事离开了酒吧，避免成为冤大头。

## 我是往寒冷骑去的傻瓜

由于还没有想骑单车的心情，于是就继续留在雅典的青年旅舍里，这几天最开心的事竟然是在超市发现有酱青出售。虽然一小瓶要价5欧元（约合人民币41元），我还是毫不手软地买下了，然后就在旅舍附设的厨房煮了半熟蛋，淋上一点酱青和胡椒粉，这就是我最怀念的家乡味。

在雅典的最后一天我来到了著名的考古博物馆（National Archaeological Museum）。这里收藏了许多古希腊文明的文物，有大理石浮雕，还有许多希腊神话故事里才会出现的巨大人物雕像，让我眼界大开。不过景点中我更喜欢帕纳辛纳克体育场（Panathenaic Stadium），环绕体育场一圈，一边听着语音导览介绍它的历史一边拍照，很容易就消磨掉3个多小时。大多游客舍不得花3欧元（约合人民币25元）的门票入内参观，都只是在体育馆外围拍下到此一游照后就离开。因此在这座世界唯一全大理石打造的体育馆内，游客寥寥无几显得异常的宁静，也让人很容易就随着语音导览走进它过往的辉煌岁月里。

第一届现代奥林匹克运动会就是在这里举行，走在选手们出场比赛的出入口，时间仿佛又回到了选手出场欢声雷动的那一刻。喜欢坐在这里的最高处阴影里，若有所思地望着远方的卫城，让时间静静地流逝。

离开希腊首都雅典，我沿着西边的海岸公路骑往220公里外的帕特雷市（Patras），从这里就可以搭乘渡轮前往意大利南部的巴里（Bari）。虽然只需骑三天就能抵达，但在这条美得像梦境一样的海岸公路上，沿途吸引我停下拍照的不再是旅游景点或地标建筑，而是大自然本身所散发出的美感。阳光交织下的白云、枯树和平静的海面，让我放慢了脚步，舍不得骑太快。

秋天逐渐接近尾声，就快要迈入冬季。这几天骑行时，希腊的气温已经冷到让我从一贯的短裤换成长裤，从早到晚都需要穿着厚重的挡风夹克，不敢想象若冬天真正来临时会有多冷。骑往帕特雷市码头的头两天，经过的都是一些临海的小城镇。由于适逢入冬，小镇上许多旅馆、商店已经歇业，人们大多都已经逃离到温暖地带避冬，所以平常热闹的街道也显得格外冷清。

在当地人的眼中，我就像是个往寒冷方向骑去的傻瓜，在寂静的公路上也显得特别的孤单。一个人望着寂寥无人的海岸线，对抗着冷得让人直打哆嗦的海风和冷空气，穿着冬装在烈日下骑行。热气在体内发散不出去，只能忍受汗水在厚夹克里直流、外冷内热的煎熬骑行。或许也唯有这样的入冬时刻，才能感受这条海岸公路的凄凉之美，我如此自我安慰着，继续当傻瓜。

## 来之不易当上沙发客

连续两天都骑到天黑才抵达休息的小镇。由于这两天所经过的城镇都找不到可以收留我的沙发主人，而入夜后的低温也已经不适合自己搭帐篷露宿街头，所以只能自掏腰包住在昂贵的旅舍。为了省钱我都偷偷在旅舍里用电炉自己开伙，有米饭、蔬菜炒肉和水果，尽量让自己吃得营养均衡一些，把自己身体照顾好，才能迎接往后的挑战。明天只需多骑60公里，就能抵达希腊第三大城帕特雷市，很幸运在那里有一位沙发主人，可以收留我在他家住两天。

Theodoros还是名就读室内设计的学生，拥有一辆复古的Vespa摩托车，同时也喜欢骑单车，相近的频率让我们一见如故。他是个招待很周到的沙发主人，把主人卧房让给我睡，自己却睡客厅，还亲自下厨为我煮意大利面，同时还让我用洗衣机，把过去一周的脏衣服一次洗完。吃完晚餐，我们骑上各自的单车在这个城市里穿梭，由他带我认识这个城市。

适逢希腊的国庆节，他带我到城中知名的复古酒吧和他的朋友们一起欢庆直到凌晨。在希腊传统歌谣下，我们每人手持一杯希腊OUZO酒（同样的酒在土耳其称为RAKI）畅饮，这种酒加水后会变成浑浊的奶白色，高达43°的酒精浓度让人喝得非常过瘾，也算是为这短短两周的希腊之行画上了开心难忘的句点。

明早就得搭乘渡轮出发去意大利的巴里，旅程越近尾声，越是觉得时间像是在加速度前进。在这些单车旅行的日子里，一路上我一直在思考，这一趟旅行的意义究竟是什么？人们透过我的游记，又能得到些什么？我想，我能给你的，或许就是那么一点点筑梦和逐梦的勇气。

俯拾皆是的文艺

复兴巨匠雕塑和建筑

# 意大利

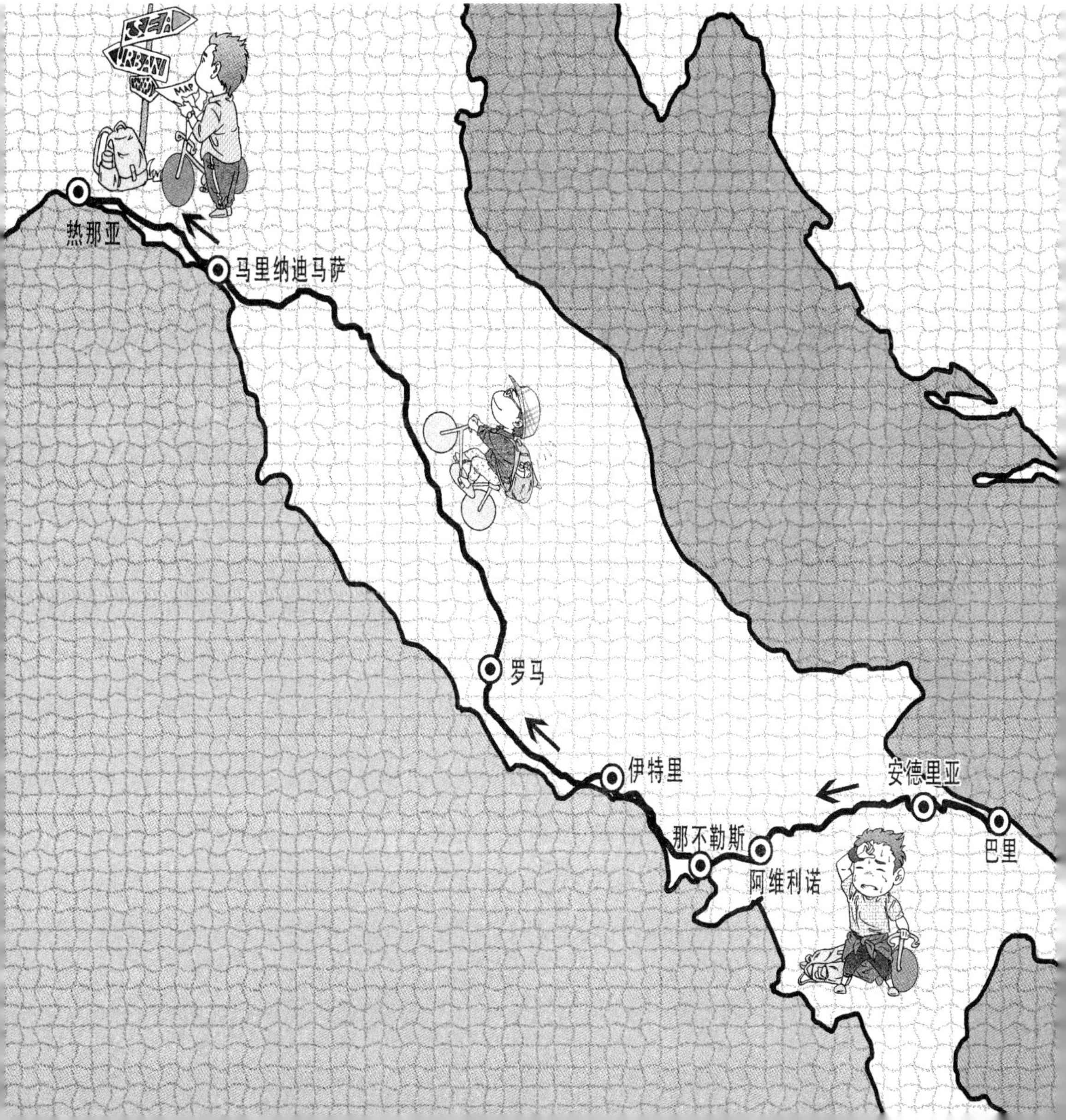

缘分真是奇妙

仿佛冥冥中注定的相遇

带给我陌生人的温情

再美丽的风景也只不过是风景

是人与人的相遇、相知和相惜

才让风景有了特别的意义

## 狼狈露宿意大利街头

从希腊的帕特雷市搭乘傍晚5点起航的SUPERFAST邮轮，约莫隔天早上10点便能抵达意大利南部的第二大城市巴里。在这艘设备完善的度假邮轮里设有旅馆、餐厅等设施，无论是大卡车、汽车、摩托车还是我的脚踏车，都可以直接登船前往意大利，非常方便。由于船内旅馆房间价格不便宜， 般经济拮据的旅客都如同我一样只购买船票，然后晚上就在船舱休息室的地板上自备睡袋打地铺，或躺在两张沙发椅子上勉强度过一夜。

我想我已经习惯了国境之间的转换，经过一个晚上的航行，前天还在希腊的我，此刻却已骑在意大利的马路上，感受意大利的风土民情。虽然一切又得重新开始适应，却一点也不会再感到忧虑，这已是去往英国伦敦的路上所骑行的倒数第三个国家，距离终点其实已经不太远。我告诉自己，得要好好享受剩下的骑行时光和所有的过程。

利用在巴里停留一天的空档，我悠闲地在第二大城市里游走拍照，品尝地道的意大利披萨和Gelato冰淇淋，当个称职的游客，明天一早就得趁这里的天气还没有变冷之前，赶紧出发骑往法国南部。心底深深感觉到，这样悠闲拿着相机拍照的日子已经越来越短了。

意大利骑行首日就不尽如人意。从巴里骑了68公里来到安德里亚（Andria）这个小镇时，太阳已经下山，而且遍寻不到便宜旅馆留宿。终于，在四处向人打听时，问到一个好心又有耐心的意大利人，这才又燃起了一线希望。他先是帮我打电话找便宜旅舍，然后帮我和老板娘杀价，适逢旅游淡季，他从老板娘开价40欧元杀价到30欧元。但是一晚30欧元（约合人民币250元）的住宿费我还是吃不消，所以还是婉拒了。之后，他告诉我可以住在专门收容无家可归游民的教堂收容所里，于是便跟着他来到了教堂。按了电铃在门口等待，足足等了近40分钟后，收容所的大门才打开。他帮我向修女表明来意，但修女却表示无法收留我，希望再度破灭。

投宿无门后，只好向他询问附近哪里可以露营，随后便尾随他的车骑回小镇两公里外他所拥有的农地，那里有一栋他盖到一半的新房子，他允许我在房子外的空地上搭营。所幸，屋外空地有自来水可以梳洗，还有电流供应的插座，让我可以使用小电炉煮饭烧菜，用不着饿肚子。意大利骑行的第一天，我顶着入夜后只有八度的低温，一个人在空地上露营、洗米、煮菜。虽然不尽如人意，却也是个难能可贵的人生体验。

昨天离开海岸公路往东部的那不勒斯（Napoli）前进。今天沿路是葡萄园遍布的景致，开始有些小山坡要爬，但都还能游刃有余。南意大利大约下午4点太阳就开始下山，白天气温还有17℃～19℃的舒适温度，到了晚上就只剩下8℃～9℃。幸运的是这里没有刮太大的风，所以骑单车时还不会让人觉得非常冷。在意大利骑行的第二天，同样花了不少时间找便宜住宿，很多意大利人都不太会说英文，问了不少人也吃了不少闭门羹，所幸最后都有好心人协助。意大利骑行第三天，迷路走错了方向，直到入夜后才骑回一早经过的小镇，心想反正已经迷路了，至少得要带走一些迷路的风景。于是，我拿起了相机盲目地拍下眼前的风景，突然觉得怎么越是旅行到最后，却越是执著于拥有呢？我想，我的心也迷了路。

## 葡萄酒比矿泉水还便宜

在意大利骑行，虽处处都有美丽风景，几乎找不到一丝不美的东西来对比，但是看久了，这些美丽也就成了一种一成不变的美丽风景而已，少了惊喜。现在每天最期待的反而是会与怎样的沙发主人或陌生人相遇。透过人与人之间的交流，反而更能让我深刻了解当地的文化和风土民情，也让经过的美丽城镇不单只是众多美丽风景之一，多了让人可以想念和回味的意义。

意大利骑行第七天来到了阿维利诺城镇（Avellino），很幸运地在最后一分钟通过沙发客网站找到了愿意让我暂住打扰两天的意大利情侣档Ida和Nick，让我省下了昂贵的旅馆住宿费。Ida从事书记工作，可以与她用英文简单沟通，她的男友是计算机工程师，不谙英文，所以和他沟通时需要Ida翻译，或用Google翻译来交流，虽然如此也有不同的沟通趣味。隔天下了一整天的雨，气温骤降，还好本来就打算休息一日再骑往那不勒斯，因而能窝在开着暖气的温暖屋里，不用在风雨中赶路。

这两天的三餐都由喜爱下厨的Ida负责料理，除了披萨外，还吃到了从未尝过的北非小米饭（Couscous）和马铃薯面疙瘩（Gnocchi）。

另外，还有Nick自创的巧克力布朗尼，虽然卖相不佳，却都很美味，除了美食，让人意乱情迷的还有美酒。盛产葡萄酒的欧洲，便宜的葡萄酒价格甚至比矿泉水还便宜，喝葡萄酒对欧洲人来说就像喝水一般自然。

经过一整天疲累的骑行，洗完热水澡后，晚餐时来上一杯葡萄酒，与新朋友敬酒互道干杯，这已经成为在意大利骑行每天的例行公事之一。一路上在欧洲所遇到的沙发主人大多都会以酒会友，每一餐都会搭配红酒或白酒，或许因为有酒助兴，让彼此很快打破了语言差异的隔阂，相处得都非常愉快，因此也让我的酒量大增了不少。来到这个陌生的城镇，要不是与这对情侣有了交集，或许只会是记忆中经过的一个美丽小城镇而已，不会有什么其他意义。明天一早就要骑到55公里外的南部最大城市那不勒斯，又会是怎样的主人在等待着我呢？

## 让人纠结的那不勒斯

意大利骑行第九日，我骑到了意大利南部的最大城市——披萨的发源地那不勒斯。沿途遇见不止一个意大利人警告过我，在治安不是太好的那不勒斯要特别小心。因为涌入这里的非洲移民特别多，造成了许多社会问题，而游客最常成为他们下手偷窃和抢夺的目标。他们告诫我相机最好不要随便拿出来，也不可随便对黑人拍照，免得惹上麻烦。于是，我带着异常高的警戒心抵达了那不勒斯，并准备待上一周休息和观光。还好提供我住宿的沙发主人都居住在非黑人聚集的区域，相对比较安全。

由于那不勒斯是一个大城市，要找到愿意提供免费住宿的沙发主人比较容易，所以在这一周我分别住在两个沙发主人的家里。首先是一对过着嬉皮生活的情侣家，抵达时他们刚好在和分租房间的室友们一起吃晚餐，便邀请我一同用餐。主张回归自然提倡素食主义的他们煮了很特别的素意大利料理给我享用。晚上他们有很多嬉皮朋友来串门，房子里一整晚都非常热闹，直到深夜。有人拿着吉他在唱意大利民歌，有人在玩射木弓箭打靶，有人则在打非洲鼓，大家都很自在地抽着卷烟，喝着啤酒回归自我。

只有我感到不是很自在，因为经过一整天的骑行，其实更想好好休息。无奈他们只有客厅的沙发床可以让我睡，我得在客厅一直等到深夜，待室友和友人散去后才能把沙发变成床入睡。虽然热情的他们同样招待很周到，但是由于不是很能适应嬉皮日夜颠倒的生活作息，所以原本和他们说要住三个晚上再搬到另一个沙发主人家，但在住了两晚后就提早与他们告别。

离开嬉皮情侣家后，我搬到了生活作息正常和单纯的学生宿舍里，和来自德国的Hannes及法国的Lucas成为了室友。他们都是在那不勒斯就读大学的学生，来自法国的Lucas虽然是一开始答应招待我的人，但由于自觉英文不好，就委托会说流利英文的室友Hannes来负责接待我，所以四天相处下来，我和Hannes更有机会交流，也更有交集。来到披萨的故乡，当然得一尝这里正宗的传统披萨。晚餐时间Hannes叫了披萨外卖，让我有机会吃到传说中的那不勒斯披萨。和连锁店配料丰富的披萨不同，那不勒斯披萨的饼皮较薄，配料以西红柿、起司和罗勒为主，简单却不失美味。

白天他们出去上课时，我就自己在那不勒斯四处观光溜达。利用旅游专栏作者的身份免费乘坐了城市观光（City Sightseeing）双层巴士兜风，一次把那不勒斯的主要景点和历史建筑快速扫过。当巴士上微凉的风徐徐吹来、耳边正介绍历史背景的导览耳机里传来意大利民歌时，景点是什么、背后隐藏着什么历史故事其实都已经不重要，当下的幸福感就已经值回票价了。突然有一种莫名的感动，感动于自己的出走，才获得这些难忘的经历。

虽然那不勒斯不像首都罗马（Rome）般超有人气，世界七大奇景之一的比萨斜塔也不坐落在此地，但对我来说，它更像是一个适合人们过日子的城市。在我心底留下痕迹的，是夕阳下人们悠闲划着独木舟的剪影，是街边市场小贩们此起彼伏的叫卖声，是人们见面打招呼时左脸贴右脸的热情，是当地人们平凡却深刻的生活之美。

## 罗马成千上万只小鸟迎接我

在骑往罗马的大路上才恍然大悟常用谚语“条条大路通罗马”的典故，果然真的是不管走哪一条路，最后都可以抵达罗马。而我竟然就走在通往罗马的其中一条大路上，一种不可思议的感觉油然而生。

离开那不勒斯后，下一站是240公里外的意大利首都罗马，预计骑个三天就能抵达。出发前也已经顺利找到了沿途愿意招待我留宿的沙发主人，所以入夜后无需一家一家旅馆询问比较价格为晚上住哪里操心了。第一晚我来到了108公里外的伊特里小镇（Itri），入住一对夫妻的家。男主人David是意大利人，喜欢开吉普车一个人旅行，曾经自己开车横跨欧洲等20个国家。他娶了来自英国、在意大利当英文老师的Nadia，并育有两个可爱的儿子和一个女儿。晚餐吃的是Nadia煮的通心粉、烤鸡肉片及色拉搭配白酒，一家大小其乐融融地一起吃着丰盛的晚餐，一边分享着旅行的趣事，让饿了一整天后的我吃得非常满足。陌生人的温情，继续让我在秋末冬初之际倍感温暖。

隔天早上告别了可爱的David一家人，继续向罗马前进。沿途经过了一段海天一色的山海景致，而且是在一大段上坡路后的下坡路段，一路视野绝佳的风景和无尽的蔚蓝，交杂着苦尽甘来的成就感，让我在这绵延数公里、无需费力气的高速下坡路段舍不得太快就骑完。于是决定停下脚步，把单车停在山路边，在阳光照射的温暖下，一边望着眼前一大片蔚蓝大海，一边剥着甜甜的橘子来吃，充分享受这片刻的幸福。

抵达意大利首都罗马前有一段很多大卡车从身旁呼啸而过的高速道路，让人骑起来只能听天由命，一直默念菩萨保佑，最后总算有惊无险，赶在太阳下山前抵达了罗马。首先迎接我的是成千上万只小鸟在天空变幻着不同图案的奇特风景，在夕阳的衬托下，有种末日来临前的情境，仿佛在小鸟变幻的图案里隐藏着末日来临前要告诉世人的讯息，让我看得非常入神。很高兴自己能以双脚，一路骑到了这个人们口中的永恒之都。

你相信玛雅人预言2012年12月21日是世界末日吗？如果世界末日真的来临，此刻你最想做的一件事或完成的事会是什么？在意大利经常入住陌生人的家里，在与他们同桌吃饭交流时，总会被问起同样的问题：为什么想要骑单车旅行？一开始我都会不厌其烦地重复相同的回答：“因为这是我的梦想，我想趁梦想还没被现实淹没前，趁还有体力能骑得动单车前把它实现，以免将来老了会后悔。”直到有天在网络上偶然看见了玛雅人的末日预言。于是，每当再有人问起相同的问题时，我改变了说法：“因为末日将至，我想给自己留下一个最美丽的纪念。没有末日当然好，但如果预言成真，至少我正在做一件我最想做的事。”

## 罗马！罗马！

时间仿佛在这里冻结了，历经数千年岁月的洗练后，罗马自始至终还是罗马。于是，它成为了人们口中的永恒之都。举目四望，到处都是老建筑和历史古迹，就像走进了一个巨大博物院。

罗马也是个适合漫步的城市。在罗马停留一周当观光客的日子里，我在城市里四处游走漫步，每天随处可见的古老雕像、浮雕、石柱、遗迹等让人目不暇接，一路惊艳地拍个不停。在罗马的头两天也是当沙发客，但是由于沙发主人住得离市中心等旅游景点比较远，同时每天还得等待主人下班后才能回去休息，我住了两晚后就向主人表示感谢招待，搬到了市中心青年旅舍的六人通铺房里。虽然一晚得花上14欧元（约合人民币115元），但住得比较舒服和自在一些，无需配合主人的生活作息，更可以随心所欲地在罗马城里散步，感受这城市独有的美丽。

今早从中央车站出发，特别搭乘地铁来到了博盖塞公园（Villa Borghese）。来罗马之前，在那不勒斯认识的德国人Hannes就强烈推荐，一定要在中午时分来到这个公园的山丘之上，从这里俯瞰宁静的罗马城。他说中午时分罗马街道马路上的车子不多，这时候从高处往下看，最可以感受到罗马古城千年文化淬炼下的宁静。博盖塞公园是罗马的第二大公园，除了可以在山丘俯瞰罗马城外，公园里面还包含了博物馆、美术馆、动物园等，是一家大小周末假日休闲的好去处。偌大的公园让我在找寻他口中的山丘时不小心迷了路，最后绕了一大圈，找到时已经过了中午，所以并没能感受到Hannes所形容的宁静。不过，这又有什么关系，对我来说眼前能感受到的，都是最美好的。

在罗马还有段难得的缘分。青年旅舍房里入住了一位来自中国台湾的俏丽女生Sunny，巧的是她竟然是我台湾政治大学的学妹。她一个人展开生平第一次为期三个月的欧洲背包旅行，已经走访了许多欧洲国家。很高兴缘分让我们在意大利相遇，所以在罗马的最后两天，我们一起去梵蒂冈观光，寻找知名的老店冰淇淋以及品尝名店的美味披萨。无论什么美食，其实还是要和志同道合的人一同分享才最美味。此外，在罗马的唐人街里有许多香港人开设的中餐馆，其实旅行了那么久、吃了那么多的异国料理之后，会变得非常想吃中餐，即使中餐的价位不是很便宜，但还是忍受不了想吃的冲动。于是一周里经常回头光顾中餐馆，点了菜单里最便宜的广州炒饭和馄饨汤，一解乡愁。

罗马城的星期天，大多商店都不营业，街道上的车辆也比平日少，变得宁静许多，于是决定骑上德鲁游玩罗马城。由于这里下午4点太阳就开始下山，所以通常一天只能参观一个景点。今天骑到闻名的罗马斗兽场（Colosseum），为了节省开支而没有买昂贵的门票入内参观，觉得省下来的门票钱还不如拿去买Gelato意式冰淇淋和填饱肚子来得实在一些。走走停停间，一转眼就到了夕阳西下的美丽时刻，一边吃着冰淇淋，一边从相机的观景窗看着夕阳逐渐没入黑暗，在按下快门的那一刻，尤其能明显感受到时间在飞快地流动着。曾经辉煌的罗马帝国也终究敌不过岁月的流逝，生命中许多的偶然与错过、爱恨与得失，终将归零，明天又会是新的开始。

## 缘分真是个微妙的存在

离开罗马骑往法国南部的第一天，顺利在入夜前骑到了预定休息的小城镇。不过这个小镇没有沙发主人可以接待，所以得自己寻找便宜旅馆留宿。正当问了几家小旅馆的价钱都觉得太贵住不起，准备骑往8公里外的下一个城镇再找其他便宜旅馆时，一对路过的情侣向我搭讪：“嗨！你从哪里来？你是不是在找过夜的地方？若不介意可以来我们的家里，我们有间空房可以免费让你住。”

仿佛冥冥中注定我们的相遇。Marco一直也很向往骑自行车旅行，所以对正在骑单车旅行的我充满了好奇，碰巧在和女友去意式冰淇淋店买冰淇淋的路上看见我走进旅馆询问价格，然后他对女友Pupu说如果待会还能再遇见我，就要邀请我住他家。只能说缘分真是个微妙的存在，正当我准备离开时，他们也正好从冰淇淋店走出来。于是Marco就主动与我搭讪，并第一次向陌生人提出了入住邀请，而我也觉得很荣幸和倍感幸运，能成为他们的第一个陌生客人。

就这样我住进了这对分别来自意大利和德国的可爱情侣Marco和Pupu的家。后来还借用了他们的厨房煮了白米饭、酱油马铃薯和炒青菜，与他们一起分享当做回报。他们的职业都是摄影师，所以我们有共同的嗜好，难怪感觉特别投缘。当了十年摄影师的Marco和我同是35岁。他开玩笑自嘲说，虽然我们同样年纪，自己却看起来像我爸，平常除了拍摄时装杂志照外，偶尔也会兼差当狗仔队，拍摄意大利艺人或政客的走光或偷情照，然后卖给八卦杂志。

饭后他们请我吃冰淇淋喝红酒，另外还送礼物给我。Pupu送了我一本迷你图画书，书里印上了各种旅行时会用的图，比如厕所、旅馆、热水、食物等，到语言不通的国家就可以派上用场，指指书上的图画就能与当地人沟通。而平常喜欢下厨的Marco则送了我一小罐手作橄榄油。煮米饭时放点橄榄油和盐，米饭吃起来更香更可口。

隔天早上吃过Pupu准备的早餐后，我告诉他们为了节省开支自己通常一天只吃早餐和晚餐，结果临走前贴心的他们包了一份家里的白米给我，还切了一份他妈妈做的蛋糕让我带在路上吃。在与这对情侣告别前，分别和他们脸颊亲脸颊拥抱和拍照留念，虽然我们彼此真正相处还不到一天的时间，但是心却是如此的靠近，让这略带凉意的秋冬早晨倍感温暖。

## 人让风景有了特别意义

**浪花的尾声是泡沫，孤独的尾声是喧哗，快乐的尾声是贪婪。走在浪涛拍打的岸边，想起了那喜欢在海边跳跃的快乐身影，这一路上，看了许多美丽的风景，拥有了许多陌生人的温情，当风景只是风景时，人与人的相遇、相知和相惜，更让风景有了不同的意义。**

Valter和Marinella是一对同居情侣。Valter是个登山和旅游冒险家，在意大利滨海小镇马里纳迪马萨（Marina di Massa）经营旧房子翻新成环保屋的生意。近50岁的他其实还有一个未圆的梦想，他想买一艘帆船，再载上一辆旅行自行车四海为家。而Marinella有一个与前夫生的25岁儿子，1995年的夏天她来到这个滨海小镇度假而认识了当时在经营房子出租生意的Valter，彼此一见钟情，在一起生活至今已经16年。他们住在一栋近海背山的橘色大房子里，还养了一只老是喜欢咬我鞋带的可爱小狗Flick。由于儿子目前在北部读大学，房间正好空着，所以便开放给路过的沙发客借宿。

这几天天气开始变得不稳定，一直下雨。原本打算只借住一天，隔天就继续骑行，但没想到后来几天天气依旧不稳定，湿冷的天气在外面骑行只会自讨苦吃。再加上情侣俩的盛情招待，让我一晃眼就在这里免费吃住了一周。每天早上当Valter去上班后，便是我向女主人Marinella偷师的时候。擅长烹饪的她煮了许多美味的意大利佳肴给我品尝，每当她准备午餐和晚餐时，我都会站在一旁偷师，一边帮忙。在她的细心教导下，我学会了包意大利的皇冠饺子（Tortelli），从制作面皮到菠菜内馅、包饺子到最后的薄荷奶油酱汁，所有做法都一一被我详细记录了下来。意大利的家常菜用了很多奶酪，不同的菜要搭配不同的奶酪，非常讲究，大多数料理以慢火精炖的方式来入味，味道淡淡的却引人回味，就如同我与男女主人的相遇、相知和相惜一样。

离别前夕，与主人及他们的两位朋友一起吃完丰盛的晚餐后，便与他们分享这一路来所拍摄的照片。不知不觉在大家的赞叹和佩服声中就看到了午夜1点，都还没能完全看完。其实，这也是我第一次回顾这一年来所拍的照片，看着照片记起了当时拍摄的心情，心底有一种不真实感，不确定那些是我走过的路，是我经过的地方，是我见过的风景。

当早晨天气转晴，也意味着告别Valter和Marinella继续上路的时候到了。与他们日夜相处了一周，心中难免有些不舍。拍完照片留念后，我带着Valter和Marinella满满的祝福，还有Marinella给我准备的在路上吃的食物出发。后来Valter还陪我骑了一段路，见我没有御寒的帽子，便把他头顶上戴着的绿色毛帽送给了我。在马路边和Valter临别拥抱贴脸颊道别时，Valter对我说了谢谢，谢谢我走进了他们的生活里，谢谢我让他看见实现梦想的可能。

其实，更该说谢谢的人是我，谢谢他们让我遇见的风景有了意义。心底满溢无法言喻的感动，克制着欲滴的泪水，赶紧向Valter表达由衷感谢后，便假装潇洒头也不回地继续往前骑，那是因为泪水已夺眶而出。

## 青春是什么?

遇见贝尔，仿佛是遇见了那一年20岁的自己，有点善感和执著，眷恋黄昏和火车。贝尔问我：“青春是什么？”我说：**“青春是任性地做自己。”**我问贝尔：“那你的青春是什么？”他说：**“青春是泡沫，从底下缓缓升起，一出水面就破灭。”**

冬天天气变幻莫测。在意大利骑行的最后一周，气温越来越低，身体终于不敌刺骨寒风着凉了，开始不断流鼻涕和打喷嚏。由于旅费拮据，不愿再花昂贵旅馆费用多住一晚等待明天天晴再出发，于是抱病继续昨日翻越一半的最后一座山头。早上山区里下着雨，原本想搭便车下山，但是在旅舍等了一个上午都没有顺路或愿意载我下山的便车。后来，雨势在下午2点逐渐缓和，但天空依旧被浓厚的乌云笼罩着，一副随时很可能再下雨的气势。不管那么多，既然决定了不多住一晚，就只能硬着头皮，顶着寒风出发，得抓紧天黑前仅剩的2小时骑出这山头才行。这种又湿又冷的天气，最舒服的事就是待在开着暖气的屋子哪里也不去，所以沿路几乎都没有什么车子经过，还想搭便车下山的一丝希望也宣告破灭。一个人骑行在被浓雾笼罩的山区里，四周异常安静，仿佛世界只剩下我一个人，无论上坡还是下坡，都奋力加速前进。幸运的是，老天爷没有再下雨，让我安心不少，终于在天黑前骑出了山头。

他姓何名贝尔，是来自中国贵阳20岁的年轻小伙子，只身一人留学意大利，主修英文、西班牙文，但其实最爱的却是意大利文。兴趣足球、篮球以及饶舌，同时还是绿色和平组织（Green Peace）的成员。沙发客这种旅行方式让我们相遇相识相知，酒后我们聊着天说理想谈末日，听他的饶舌创作和喜欢的音乐，他也是个好听众，能让旅人说故事。晚上贝尔让我睡他的床，自己打地铺睡地上。住在他的宿舍两天，吃了他煮的意大利面、蛋炒饭和鸡肝炒虾仁，还搭配了回味无穷的贵阳特产老干妈辣椒，吃得我火辣又暖胃。最要命的感冒最后还是靠贝尔贡献仅存的三包从中国带来的板蓝根给治好的。

今早离开了热那亚（Genova）贝尔的宿舍，在我的要求下，平常喜欢饶舌的贝尔，以即兴饶舌的方式与我道别，让我听了心底非常感动，也在离开意大利进入法国前留下了深刻的回忆，非常期待哪一天能与贝尔再相逢。

他歌词这么唱着：

*这是建忠和贝尔一个couchsurfing的结束，是新旅程的开始。很多东西从现在一直不会停止，我们从这走到另一个地方，是一种地*

方和力量的梦想积蓄。我们在这里只有理想和继续，不用管其他的事，沿途的风景太美丽，我们会在这里继续我们想要的东西。我有点东西我要去追，建忠有东西他在骑着车一直往前，不会停，不会退。我们在这里一直这样想，所以我们相遇在这个地方。热那亚不算漂亮，但是我们觉得它有一种力量，把我们吸引在一起。也许世界会有末日，但是在我们心里，我们自己每一天都在过着自己的节日。因为我们是旅人，我们是过客，在这个地方经历了，永远不会停止的。

集美食、浪漫、文化、艺术
于一身的地方

# 法 国

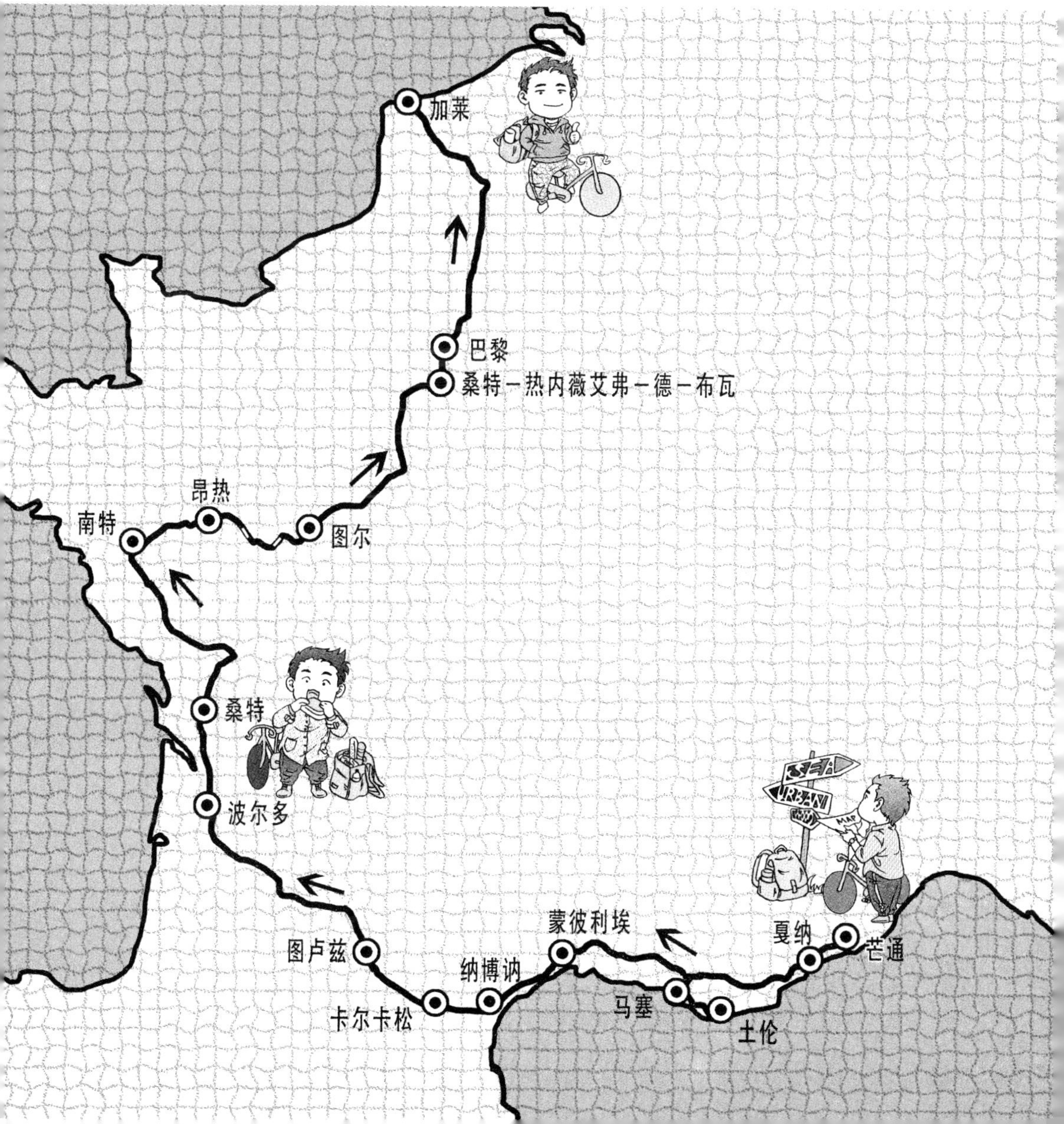

一个人

骑单车旅行

需要坚强来伪装

久而久之

也就变成

伪装的坚强

我在想

承认自己的软弱

也是种勇敢

## 2011 年最后一天我又战胜了自己

距离终点伦敦又迈进了一大步。在意大利骑行51天后，抵达了法国南部小城芒通（Menton）。如果不是亲身体验过，我无法想象自己竟然能够在不到十度的气温下骑自行车。街道上已到处布满绚烂缤纷的圣诞彩灯，提醒我再过几天就是圣诞节，独自一人的寂寥身影对比着准备欢度佳节的人们。原本答应家人要回家过年，看来今年又会错过农历新年与家人的团圆饭了。

平安夜我住在一对旅居在法国戛纳（Cannes）的美国夫妻家里。来自美国佛罗里达州的Nick是一名能源分析师，所以基本上只要有网络，他就能在任何地方工作。因为妻子向往在法国生活，所以就和妻子申请了一年的旅游签证，旅居在法国戛纳。Nick喜欢骑单车，拥有一部登山车和一部竞赛车，由于是以美国时间工作，所以平常白天都可以外出骑单车。通过沙发客网站得知我寻求圣诞节住宿，二话不说就让我住在他们的空房间里，并一起欢度了彼此在法国的第一个圣诞节。想起去年的平安夜在泰国骑行赶路，入夜住在妓女户被妓女的歌声吵到无法入眠，和此刻的宁静安逸对比，真是天壤之别。

法国南部的天气真是太舒服了，根本就不像冬天。沿着蔚蓝海岸线旁边的自行车道骑行，当然是能骑多慢就多慢，尽情享受这美好的骑行时光。离开了舒服的海岸线，开始进入山区地段，为了可以不花钱住在别人家里，只能开始疯狂自虐地赶路。

一轮弯月在我头上，远处山头的轮廓在入夜后逐渐隐没在身后。靠着往来车辆的车头灯，我小心翼翼地看着路上的白线骑行。山路加上强劲的冷逆风，只能时而吃力地推着车，时而缓慢地踩踏。期待有哪辆好心路过的车停下问一句：“Do you need help（你需要帮忙吗）？”然而并没有好心路过的车停下，能让我有机会说：“I need help（我需要帮忙）。”夜晚的冷风好刺骨，脚板即使奋力踩着踏板，也不再像之前一样能感到一丝暖意，手、脚、脸和嘴唇都已冻麻到开始失去知觉。终于，上坡路结束了，开始看得见山脚下远处城市的万家灯火。2011年最后的这一天，我又战胜了自己。

和2011年告别，有点感伤想要流泪。虽然不清楚这是为了什么而流的泪水，里面却夹杂了快乐、悲伤、胆怯、勇敢、茫然、坚定等情绪，我想是它们彼此交织纠结后而流下的喜悦之泪。过往画面回放着，克制不住任泪水滑落。喜悦着自己度过了一个自己梦想中的2011年，喜悦着还能与你分享着活着的喜悦，喜悦着还能期待来年更加喜悦的时刻到来，2011年我们再会了。

## 法国贴面礼的神奇

对抗寒风骑行时，停在马路边喝口水时，爬坡时，流汗时，车子高速从身边呼啸而过时，下雨赶路时，骑到打哈欠无聊时，想要放弃时，看到心动的风景时，与陌生人相遇时，醒在陌生的房间时……过程无论有多酸甜苦辣，都不会再重来。一想到这儿，那些一时辛苦的时刻也会是甜的。

离开了马赛（Marseille）的山区地段后，我开始进入法国南部的平原地区，沿途是一览无遗的葡萄园区，景色开阔而凄美。如果没有寒冷的西北风干扰，这会是一条骑起来很舒服的路段。这一周几乎每天都与不同的陌生人相遇，睡在他们的家里。陌生的床头边是一盏昏黄温暖的灯，今晚睡的是Stephane家的客厅，晚餐吃他下厨煮的烤鸡配马铃薯，骑行了一整天的疲累在干了几杯粉红香槟后得到了缓解。待业中的Stephane住在法国的土伦市（Toulon），是名家具绘图师，家里所用的木制家具均来自他的巧手。住在他家的第二天，他开车带我到土伦市的主要景点参观。我们先到了Facon山，那里可以俯瞰海天一色的城市全景及号称法国最大的军港土伦港。之后他带我到市中心的老城区游览，大学修读建筑的他沿途向我介绍古城独有的建筑特色。夕阳时分，来到他最爱的天体海边，虽然已是冬天，所幸南法的暖冬，让不怕冷的人，依旧能赤裸裸地晒太阳。

法国人见面以贴面礼作为打招呼的方式，无论男女老少都试过和他们亲密地脸贴脸打招呼。和意大利人的贴面礼不同，法国人的贴面礼还需搭配发出亲吻的声音，先贴左脸，然后换右脸再贴回左脸，同时都要发出亲吻声，以三下为最基本。由于通常都不是我主动打招呼，所以第一次被脸贴脸时，难免有点害羞而忘了同时要发出亲吻的声音。脸贴脸时，能感受到对方的嫩滑皮肤或刺人的胡渣以及温度，仿佛经过了这个破冰仪式后，陌生人一下子就靠近了起来。住在法国蒙彼利埃（Montpellier）的Alain就是很热情的法国人的代表。第一次见面就给我一个比贴面礼更热情的亲面礼，以嘴亲我的脸颊，不免让人觉得有点小害羞。从事邮政金融工作的他正放着一个月的长假，所以可以招待我。他平常喜欢骑单车和健身，一个人住的家里打扫得一尘不染，非常干净。不会下厨的他平常靠微波食物度日，于是这又让我有机会大显身手，下厨煮了家常菜给他品尝，以表达我的感谢之意。从没到过亚洲吃过中国菜的他对我所煮的家常菜当然是赞不绝口。

在法国一晃眼就快30天了，距离终点英国伦敦也只剩不到1000公里的路。骑行在气温大多只有3℃、刮着西北季风的寒冷冬季，虽然说不上是享受，但换个角度想，却也是人生中难得一回的体验，于是变得可以勉强忍受一下。最近已经忍不住在想回家后要吃妈妈做的酿豆腐、卤猪脚、萝卜糕、算盘子等家乡美味。漫步游走在满是落叶的法国蒙彼利埃小城里，我在想如果冬天，一个旅人来到这里，他会有怎样的心情来面对正在落叶归根的树和映照在地上自己孤独的影子呢？冷风让我紧缩起脖子，渴求艳阳的温热。我把自己的影子与地上的树影融合在一起，为这一刻留下纪念，或许是旅行越来越接近尾声，所以这个看似孤寂的时刻也显得弥足珍贵了起来。

## 一路上陌生人教会我的事

法国人都说我是幸运的，遇上了一个不算太冷的冬天。从意大利进入法国南部后，为避开中部寒冷的山区地段，我一直沿着比较温暖和平坦的南部海岸城镇骑行。南部温暖平坦的路在抵达纳博讷小镇（Narbonne）后结束，从这里开始便沿着美丽的南运河古河道（canal du midi）旁边的小路骑行，经过古城卡尔卡松（Carcassonne）和大城图卢兹（Toulouse），骑往西南部的海港城市波尔多（Bordeaux）。

从古城卡尔卡松沿着南运河古河道骑了近一百公里来到法国西南的大城图卢兹。老天爷眷顾，一路上没有刮冷风，加上一直骑行运动着身体，所以低温骑行也变得比较可以忍受。离开图卢兹时却开始下起了绵绵细雨，灰蒙蒙起雾的天气在掉光叶子的树干点缀下，交织出一种冬天才能感受到的浪漫。或许已经慢慢开始习惯了冷的温度，所以也能渐渐地不以冷为冷，每当遇上下雨天时，反而觉得比不下雨时更加暖和。

生活就是要做让自己觉得feel good的事，这是一路上遇到的陌生人教会我的事，他们几乎都有的共通特点就是懂得热爱和享受生活。分别来自西班牙和波兰的Hector和Marta是一对喜欢四处旅游的情侣，在法国蒙托邦（Montauban）打工赚取旅费，并计划年底到加拿大打工度假（Working Holiday）。Hector在葡萄园酒庄工作，留着一头黑人编发，笑容和蔼可亲，有着西班牙人独有的热情，而精通九国语言的女友Marta则在贸易公司协助与有不同语言需求的客户接洽。通过他们还认识了住在楼上的法国邻居夫妻Thomas和Helene，十年前两人还是情侣时曾用了14个月从法国骑单车到印度。同时Thomas还是个旅游摄影师，在柯达（Kodak）宣布倒闭的时代，他依旧坚持使用胶卷拍摄照片，作品富有浓浓的人文关怀和诗意。而学过一点中文的Helene可用中文说些简单的日常用语，是个标准的开心果，笑声很具感染力。该怎么形容呢？啊～想到了！就像是心地善良的巫婆发出的大笑声，让人听到了也会跟着她一起开心。

农历新年前夕因为与他们一起度过而变得不再寂寞，我们分别下厨煮了自家的拿手好菜，来到他们家的客厅一起共享。大家就像一家人，气氛极好，我们彼此体验着这一刻的奇妙缘分，分享着彼此的生活。我想，把我们牵引到一起的，或许就是那颗愿意倾听自己内心、对生活充满希望、对未知充满好奇的心。佳节倍思亲的时刻，身边虽然没有家人围绕，但却一直有着陌生人的温情。今年的冬天，真的一点都不冷。

## 下雪区的温暖

早上9：30分，室外气温3℃，离开波尔多骑往桑特（Saintes），距离125公里。下午4点室外气温4℃，天空开始细雨绵绵，里程表显示只骑了60公里，穿上雨衣在湿冷的天气继续骑行。晚上8：50分，室外气温5℃，距离今晚留宿的沙发主人家还有23公里。雨势依旧时大时小，在风雨交加的雨夜里骑行，加上重复着下坡接上坡的起伏地势，体力早已经透支，仅靠意志力支撑。

单车的车头灯在没有路灯的马路上微弱地闪烁着，不断呼出的二氧化碳瞬间化成了白烟，像是人临死前灵魂离开躯体的一缕轻烟。还好雨衣里的躯体还是温热的，只是鞋子和袜子已经湿透，寒意开始慢慢从脚底入侵。缓慢骑上一个大上坡后，远远看到前方有一辆轿车突然停在路边，依稀看得见站着一个人影。就在我经过时，人影突然喊了我的英文名字：Winston?

原来是今晚的沙发主人Emmumuel，见我迟迟未抵达，直接开车来接我了。他就像是个天使一样，冒着雨帮我把单车放进后车厢，在我坐上前座后递给我一条香喷喷的厚毛巾让我擦拭。冰冷的手掌躲在毛巾里，逐渐温暖了起来，心底泛起了满满的感激，感谢他开车前来接我，不然我可能还要在饥寒交迫的风雨中骑行。由于太过疲惫，一路上车里只有静默，约15分钟便抵达了他的大房子。

晚上9：40分，室内开了暖气后的温度约18℃，Emmumuel让我睡在一个宽敞舒适的双人床客房里。洗了个舒服的热水澡后，我和他一起享用他亲手为我准备的马铃薯烤鸡晚餐。让他等了我好几个小时才吃晚餐，真是不好意思，心底只有无法言喻的满心感谢和感动。他告诉我："今早这里还下雪了。"我才意识到，原来已经来到会下雪的区域，看来接下来的日子里雪中骑行在所难免，应该会是旅程结束前的最后试炼。

不记得遇见过多少人对我个人和这次旅程表示过钦佩，每每当他们这么表示时，我都会觉得非常不好意思，因为觉得自己并没有什么值得让人们钦佩的地方。我深深地明白，自己软弱的时候非常软弱。某天在与法国友人Fred聊天时，他也对我表示钦佩，我告诉了他自己也有软弱的时刻，时常在路上像小孩一般流着眼泪，所以无需钦佩我。后来他的一席话点醒了我！

他说："你值得我钦佩是因为你的坚持。你知道自己只是个普通人，知道自己会软弱，虽然害怕寒冬，虽然知道要面对延绵不断的山路，虽然知道自己可能会不行，但还是毅然放手一试。你并没有因为一时的软弱而放弃，你还是继续坚持着，才一路来到了这里。”当时我无法反驳他的话，也才明白原来我这当局者一直迷失在自己的软弱里。下一次，当再有人对我表示钦佩时，我会抬头挺胸自豪地对他说声谢谢。

## 上天派给我的天使

一直有种感觉，沿途出现给予我帮助的陌生人都是老天爷派来给我的天使。他们通常在我最需要援助的时刻出现，然后无条件地给予一切帮助。他是老天派来的送鞋天使，因为他，冻痛的脚才有了壁炉取暖；因为他，我多了一双可以挡风的靴子和一件御寒的长袖衣裳。

离开Emmumuel家的早晨，虽然天气转晴，没有下雨或下雪，却让我遇上了西伯利亚寒流发威的日子。受西伯利亚寒流影响，在法国感受了人冬骑行以来最寒冷的一天。在咖啡馆吃完早餐后，我在零下四度的低温中对抗着逆风，在公路上缓慢骑行前进。虽然太阳高照却还是抵御不了寒冷，加上寒风不断迎面袭来，最靠近地面、仅有步鞋和袜子包裹的脚趾头开始感觉到越来越疼痛。直到疼痛再也受不了时，我便停在马路边跳脚及原地跑步，好让被冻痛的脚趾回温。可是无论我如何努力跳脚及跑步都回温无效，疼痛感越来越加剧。

我知道今天是无法骑到预计过夜的小镇了，在原地跳脚的同时也一边伸出了手，想拦截顺路的便车。然而，车子一辆接着一辆呼啸而过，始终没有愿意停下来的便车。我一直站在原地等着，身体也开始失温变冷，于是决定再往前骑一段路，换个路段再试试拦截便车。终于在等了许久后，好心人出现了，而这个人竟然就是一个小时前在吃早餐的面包店有一面之缘的好心人。

他不太会英语，看到我停在店门口的单车，知道我在骑单车旅行，对我竖起了大拇指表示鼓励与敬佩。后来他买完面包离开前还硬塞了二欧元给我，要我去买点面包来吃。缘分就是那么奇妙。是预兆？还是老天派来的天使？想不到我们二度相遇会是在我狼狈求援的情况下，已经顾不了什么面子，脚趾实在痛得难受极了，得赶快取暖才行。我向他比划着鞋子里的脚趾很冷，他说他女儿家就在前方不远处，即刻邀请我先到他女儿家取暖。抵达他女儿家后，他就像个慈父，帮我脱下鞋袜，把已经冻得失去知觉的脚趾放在壁炉前，并用手帮我搓揉脚趾，让脚趾慢慢回暖，并送上了一杯热茶。

他曾和儿子一同单车旅行骑了一万四千公里，因此才对我这个单车旅人有种莫名的亲切感。他也知道在这种冷天气里骑行的难度，所以当然不吝啬给予我帮助，并送了我一双可以挡风的旧靴子和一件御寒的长袖衣。他说这种天气实在不适合骑单车，可以载我到20公里外的火车站，搭火车或巴士到今晚要到的城镇。在去车站的路上，他用他仅会的英文说着他的人生。

65岁的他是名退休老师，妻子癌症过世后便把房子卖了，把钱分成了四份分给四个已经成家立业的孩子，而自己则以车为家，四处打散工过活。每到冬天非常寒冷的时候，偶尔就会住在女儿家。他说他喜欢过四处漂流的日子，在他慈眉善目的笑容里，我仿佛感受到了什么叫快乐。

抵达车站后，他帮我询问售票员发车时刻，火车要晚上才有，而巴士一个小时后就有。和他道谢拍照留念说再见后，我回到了车站大厅，坐着等待巴士时，才想起我竟然忘了问他叫什么名字。所以，只能以“好心人”称呼他，或许今后我们都不会再相遇，但我会永远记得这一天——你那温暖的援手。由衷感谢你，好心人。愿你一生平安喜乐！

## 骑到眉毛胡子一层霜

运用想象力换个看待事物的角度，看似了无生机的冰河竟然也冒出了枝叶。寒冬骑行或许会是这趟旅行中最美丽的纪念。

终于下雪了。夜晚当雪花缓缓飘落，我把窗口打开，用手接过落下的雪花，仔细端详美丽的雪花在手掌融化的瞬间。窗外的马路不到半小时就变成了一片雪白。很幸运的，下雪夜我没有在外头顶着风雪骑车，而是在南特市（Nantes）法国友人Fred开着暖气的温暖住家中，等待着天气回暖。

人们常说，越害怕面对的事，越要勇敢去面对。于是在Fred家中等待了四天，寒冬稍微回暖及积雪消退后，明早又得继续启程上路。虽然气象预报说明天又会比较寒冷，但我还是决定继续往前迈进。除非一直等到春天到来，不然寒冬骑行都是迟早要面对和克服的事。不过，和之前不同的是，明早出发时我多了一双好心人送的挡风靴子和自己买的一双滑雪用厚手套。不想再被冻得跳脚，所以尽可能做足保暖措施来对抗寒冬。

原来在体验过零下负数的温度之后，即便气温只回升到八度，骑行时也不再觉得非常寒冷，反而觉得是个很舒适的温度。虽然如此，从南特骑往巴黎（Paris）的路上还是有两次遇上低温到无法忍受的地步，外加上积雪消融后的水还来不及消退便结成了冰，让马路骑起来非常湿滑及危险，即便走路推车也得非常小心翼翼才不会滑倒。脸上的胡子和眉毛开始结了一层霜，就连宽大的河道也都冻结成了冰，当然身上所带的矿泉水亦无法幸免，也都结成了冰块。对我来说，这些虽然都是从未有过的新鲜体验，却也绝对不是一个舒服的体验。于是在昂热（Angers）改以火车代步，来到图尔（Tours）避开了最寒冷的时刻。

我们相遇，然后告别，来去之间，已是瞬间。印象中在伍佰的摄影书里也有张雪地孤树的照片。于是，当我走在四周一片白茫茫的法国乡间小路时，便企图寻找着雪地上的孤单枝丫。幸运的是拍下它时我并不孤单，一对在图尔刚认识的沙发主人Laurent和Anthony正走在我前头不远处，不时回头关注着我走在雪地上的安危。当我专注地拍照时，他们走远后便会停下脚步，微笑地等待着我跟上。

旅途中总会遇见特别投缘和频率相近的人，他们就是其一。Laurent从大学地理讲师转换人生跑道改当画家，Anthony则在保险公司负责客户咨询及理赔工作。在他们的家里避冬一共四天，最难忘记美好的时光就是驱车到郊外，游走在白茫茫一片的雪地之间。

之后，还去探望了Anothny可爱的父母，与他们共进晚餐。她的母亲见我手套不是那么保暖，临走前还送了我一双棉手套，额外加赠长袖衣、夜间荧光背心及护耳带，让我两手空空进门却满载而归。另外，喜欢下厨的Laurent在知道我爱吃只放糖和牛油的传统法式可丽饼（Crepe）后，亲手制作给我吃，是甜甜又暖暖的幸福滋味。当然，我也把制作过程全学了起来，如此回家以后也可以自己做来吃。

## 我爱巴黎

在巴黎，偶尔有某些时刻会让我想起最爱的台北。尤其是雨后的湿滑路面，倒影映照着车水马龙的夜色，空气间弥漫着的文化氛围。埃菲尔铁塔每个整点会有5分钟的灯光秀，约两万颗灯泡忽明忽灭，形成像是一闪一闪亮晶晶的星光，点缀着夜空。

从图尔经过连续三天的骑行赶路，我骑到了巴黎外围的小镇Santes Genevieve des Bois，这里距离法国首都巴黎仅剩下30公里。由于入住家庭的法国老夫妇盛情款待，要驱车带我参观巴黎，所以虽然还没有骑到巴黎，却能提前预览了巴黎各主要景点。当我们来到俯瞰巴黎市夜景的蒙马特高地（Montmartre）时正飘着雨丝，一名街头艺人用吉他自弹自唱着“Someone Like You”。男歌者唱出了自己的调，四周都是围观的游人，一对情侣不顾旁人在雨中深情拥吻。这样的时刻，再搭配上远处的埃菲尔铁塔及万家灯火的夜景，即刻便能感受到浪漫之都的名号绝非浪得虚名。虽然这两天只是走马观花略看了巴黎，但已不得不随波逐流地说：“I Love Paris。”

在法国夫妇的家中与家人视频聊天时，他们也一起加入了谈话，家人的言谈里充满了对夫妇的感谢，而夫妇俩则向家人表达对我的赞赏和肯定。这绝对是一个神奇的时刻，虽然彼此语言不通，大家却能快乐地对谈着。Christiane每天下厨煮许多法国美食让我品尝，夫妻俩连续两天载我到巴黎市区兜风，浏览巴黎这座美丽的城市，还帮我付门票参观了巴黎铁塔和军事博物馆。在巴黎铁塔上的纪念品商店里，夫妻俩坚持要买纪念品送给我和我的家人，奈何身上没有任何可以回赠的礼物，只能不好意思地收下了礼物。或许是由于他们的独子常年在外工作没有回家，所以他们把无法对儿子倾诉的爱都给了我。经过几天的日夜相处，在离开夫妇俩的家与他们道别时，Christiane就像个母亲一般，问我还要喝茶吗，还想吃些什么东西吗，这让我想起了这几天与他们相处的美好片段，突然间有些鼻酸，还好最后强忍住不让眼泪落下。非常感谢他们把满满的爱和温暖都给了我这个不速之客。

通过法国友人Fred的引荐，他在巴黎的好友Burno一早就答应我抵达巴黎时可以在他家住一周。Burno是在大学教授英语的讲师，他把舒服的双人床让给了我，自己当厅长睡沙发。亲切随和的他让我很自在地在他家里生活了一周。白天一早他去大学教课，我就赖床睡到上午10点多，然后自己准备丰盛的早餐，在窗口斜射进来的阳光下慢慢享用。下午就外出采买晚餐所需的食材，顺便漫游体会巴黎这座城市。Burno住在龙蛇混杂各色人种都有的巴黎18区，靠近灯红酒绿的红磨坊，步行到俯瞰巴黎市的蒙马特高地也只需20分钟的脚程。虽然在巴黎已经迈入第四天，但还没看到蒙姐的微笑，也没吃到老店的马卡龙或去看著名的康康舞，所有观光客来到巴黎指定行程似乎都提不起我的兴趣，反而选择静静地窝在Burno的家里，沉淀心情哪里都不去。千辛万苦千里迢迢才来到这里，这样做会不会太奢侈，太浪费巴黎了？

## 无论是苦是乐一切只会更好

不知不觉，在巴黎转眼就待了一周。过去的一周，我以自己的方式和习惯的慢速度体会巴黎的美，深深感觉到，除非能在巴黎生活，不然像巴黎那么大的城市，即便再让我待上一周的时间也逛不完。不如还是早点离开，留下一些不完美的美丽遗憾，留待日后再来弥补，想想能这样带着遗憾离开巴黎，感觉也很浪漫。过了今晚，明早就将启程向英国迈进，骑行约350公里便能抵达搭乘渡轮的城市加莱（Calais）坐船到英国，然后再骑三天就能到抵达终点伦敦。

住在Bruno家与他相处一周后的离别时刻到来了，当他口中喃喃地说着祝福的话语时，我的泪水开始在眼眶打转。经过一周的日夜相处，我们都把彼此当成了朋友，希望他日能与他再相逢。然而，这种感动并不陌生，甚至有些熟悉，熟悉得已经知道如何控制，不让情感泛滥，知道如何回避那温柔的目光，甚至知道如何伪装坚强继续走向未知。这倒数一周的骑行，心底那些刻意压抑许久的温热，那些经过时间沉淀后依然清晰的感动时刻，都正在蠢蠢欲动着，等待随时爆发！

可想而知，在巴黎休息近十天后再度骑行当然是力不从心。离开巴黎市区还骑不到十公里就开始想找地方休息。沿途的风景虽然没有惊艳到让我拿起相机的地步，但一想到这样骑行的日子再过不久就快结束了，也就格外珍惜如此平平淡淡的骑行日。

在法国骑行的最后一天，天不作美。在距离出境港口城市加莱还有40公里的地方，开始下起倾盆大雨。然而，老天爷还是对我非常的厚爱，没让我变成落汤鸡。马路旁刚好就是麦当劳快餐店，让我可以一边吃薯条、汉堡和可乐，一边等待雨停。同时，还能一边回想过去这一年多骑行日子的点点滴滴。

风雨里的孤单身影，镜头里的微笑畅饮，路口处告别的温柔，紧抱着不放的拥抱，那不舍离别的抽搐，暗夜轮转上的星空，蔚蓝天空下的思念，水平线上的一抹斜阳，深深呼吸的一口纯绿，白色世界里的孤寂，寂寞公路上高歌的旋律，以及无数无数擦身而过的鼓励。

如果你说我有勇气，那其实是因为这一路上有家人、朋友及偶遇的陌生人们，用温暖包裹着我的身体，让我不再感到畏惧。我，萧建忠，35岁。2010年9月24日从新加坡展开到伦敦的自行车圆梦旅行，经过了12国，1万多公里，于2012年3月，就要圆梦。回头看每一段经历遭遇，每一次相逢偶遇，过程无论是苦是乐，都让自己更加坚信，从来，一切都只会更好。

"绅士"之都

# 伦　敦

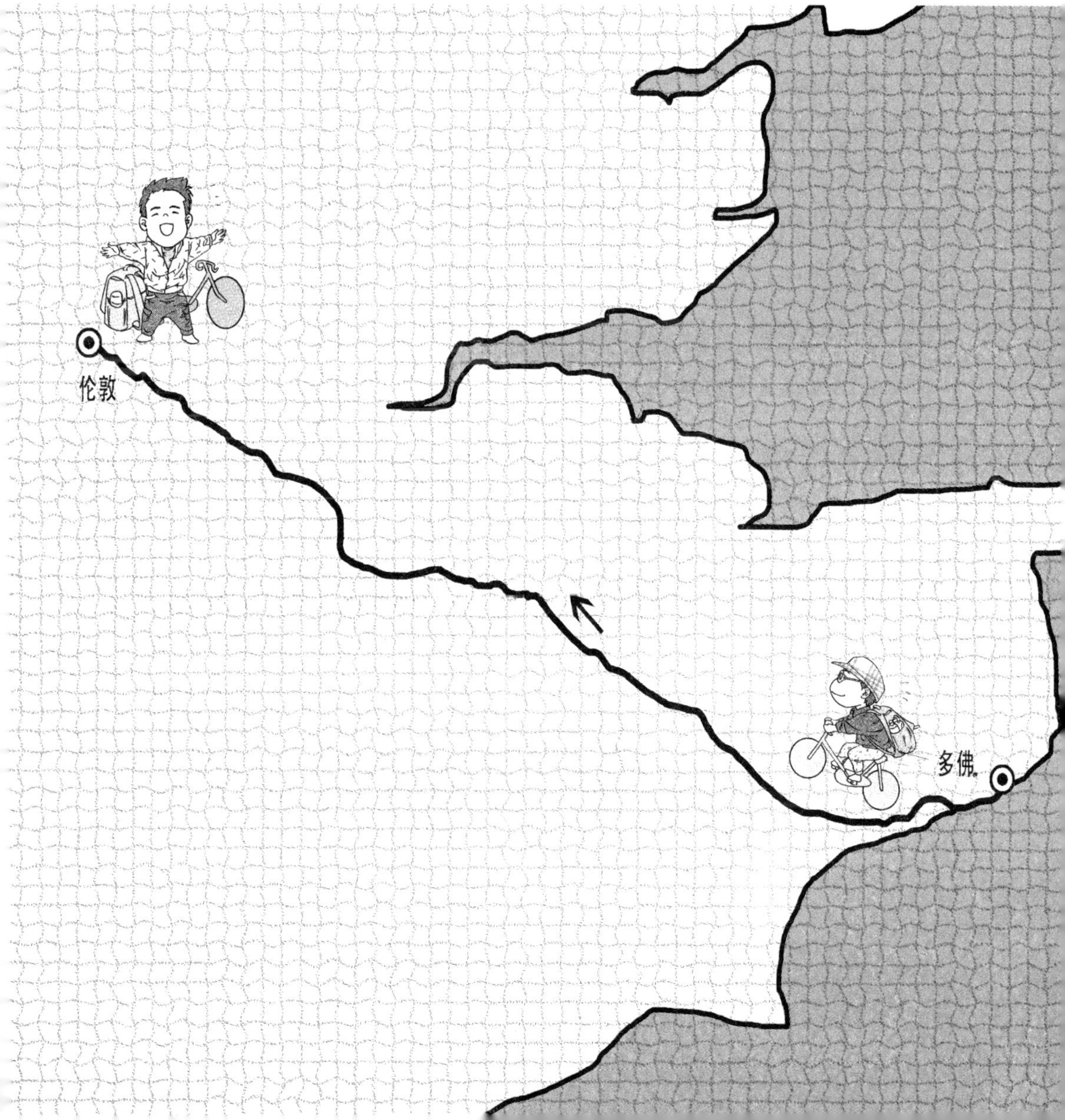

当人们听到

我要骑单车去英国时

大多都用不可思议的眼神看着我

仿佛在说：你这个疯子

但我想或许

我比谁都要更勇敢

## 骑行圆满结束

从法国顺利离境，没有因为逾期逗留而遇上麻烦。搭乘渡轮，90分钟后就抵达了英国多佛（Dover）。这里距离终点伦敦只剩下约100公里。抵达英国后天气就没好过，青年旅舍窗外一直在刮风下大雨，气温也只有7℃，这样的天气，当然不适合骑车，于是决定多住一天，等待天晴。最后100公里了，无需把自己搞得那么狼狈，这样下雨的天气和温度，最适合躲在被窝里，搭配淡淡的钢琴旋律，让回忆翻滚来袭。然后，轻轻擦掉眼角流下的温热。这些日子以来心底刻意压抑的情绪终于爆发，任集合了感动和喜悦的泪水在被窝下静悄悄地流着。

在多佛休息了两天，等待天气放晴，但天不从人愿，雨还是狠狠地继续下着。由于已经答应了招待我的沙发主人，今晚会抵达他的住处，所以还是决定出发，向终点伦敦迈进。穿上雨衣在英国的公路上缓慢地骑行，所幸沿路都有自行车道，可以让人很安心地慢慢骑，不用担心与身后高速奔驰的车辆争道。旅行的尾声不想太累，所以预计慢慢骑行还需要两天才能抵达伦敦市中心。连续两天都在风雨中骑行，没想到天气却在骑往伦敦的最后一天放晴了。蓝天白云的绝佳骑行好天气，我刻意放慢了踏板的踩速，走走停停地缓慢踩踏前进，想要好好好记录眼前的最后50公里。

夕阳时分，拿起相机对着渐渐暗去的橘黄和不远处的伦敦市中心按下了快门。咔嚓！就这样结束了吗？抵达伦敦的那一刻，我以为会感动到大哭一场，但结果却意外的平静，也终于明白，最感动的时刻，其实早在过程中就已经发生。如同完成了一个象征性的庄严仪式后，一切又终将回归日常，心情像天上的浮云般淡然。

在俄罗斯时没能认识几个俄罗斯人，在英国伦敦却认识了一个。Nikita来自俄罗斯的圣彼得堡，在伦敦从事会计工作。抵达伦敦的那夜，我就睡在他租的套房客厅里的沙发床上。笃信佛教的他喜欢徒步登山，梦想将来有一天能徒步走天涯。他说我的出现给了他很大的鼓舞。与他分享了在俄罗斯被人欺负的不愉快经验，听毕他竟代表俄罗斯人郑重向我道歉。很高兴旅程尾声，最后一位有缘人是他，在他客厅的墙上有张世界地图，让我很轻松地分享了这一路的骑行路线。“2010年9月24日，我从新加坡出发，经过了马来西亚、泰国、老挝、中国、蒙古、俄罗斯……”当我说出最后一个字伦敦时，就像是做了个回顾总结，算是为这趟骑行，画下了个圆满的句点。

## 一次刮掉12个国家，痛快！

来自美国的Spencer是我从多佛码头骑往伦敦的路上第一个招待我的沙发主人。这是他第一次当沙发主人，也是最后一次，因为他和我一样，下周就要回到自己所属的国家。美国公司派他来英国坎特伯雷（Canterbury）工作半年，已即将期满。他住在一栋豪华仿欧式古房子新建而成的公寓里，所以这晚当然是睡得非常舒适。Spencer说他已经来英国半年了，却一个英国女性朋友都没能认识，除了工作上的同事外也没认识可以深交的英国朋友，这让他非常气馁地表示，英国人的心防真难攻破，我点头如捣蒜般地表示赞同。在经过那么多国家来到英国后，我也觉得与英国人交谈和相处时，大多都只能点到即止无法深入。他们不会热情到对你掏心掏肺，也不会主动探究和挖掘来了解你。或许他们是为了保持所谓的“绅士”风度，却筑起了道旁人无法跨越的隐形围墙。

于是在返家前的最后一周，我决定不再当沙发客，我要花钱住青年旅馆。让这最后一周的时间完全只属于我自己。一天通常只去一个景点，慢慢地感受伦敦的美。对我来说，伦敦只是个回家的城市，所以其实并没有太多想要到处观光的感觉。漫无目的在伦敦街头散步，或随便搭上一辆双层红巴士兜风，反而更轻松自在，也比较适合我此时慵懒、准备回家的心情。

独坐在伦敦大桥边等待夕阳缓缓落下，巨大的教堂建筑因身后的夕阳西下形成了剪影，倦鸟在其上盘旋。如此本该陌生的风景却意外地似曾相识，快门也按得少了，是感动变少了吗？还是圆梦后的空虚、茫然症候群在作祟呢？

昨日午夜被梦惊醒，梦见自己还在骑单车赶路，醒来后庆幸还好只是场梦。返家前夕，打听好去机场最方便和便宜的路线，还去了单车店要了个单车箱子，好给德鲁二世装箱带上飞机。接着就是给自己买了一双新鞋子，旧鞋经过近两年的日日穿戴，鞋底已经磨平，一下雨走在湿滑的路面就会有水从鞋底渗透，表面更是脏到不行。另外，还买了一张可以把去过的国家像刮刮乐一样刮掉的世界地图，可以一次刮掉12个国家，真是痛快！

后记

# 我们都是“无期途行”里的过客

这不是结束，而是开始。打包好的不只是行李，还有回忆。回家的准备已一切就绪，心情也回到归零的状态。在伦敦过完周末就等着上飞机了。在伦敦的最后一夜，没有结束的不舍，只有满怀回家的期待。

2010年9月24日，我给自己判了个“无期途行”。在没有限定日期和时间的情况下，一个人骑脚踏车自由自在地旅行。以居住地新加坡为起点，骑过了马来西亚、泰国、老挝、中国、蒙古、俄罗斯、土耳其、希腊、意大利、法国和英国，共12个国家，532天，12225公里，于2012年3月9日抵达终点伦敦。两周后我带着与我同甘共苦的爱车德鲁二世，从伦敦搭乘飞机回到了家人温暖的怀抱，这才发现家人们的微笑比任何风景都美丽。

在时间轴下轮转的眷恋，就算不情愿还是继续往前。今日的阳光很意大利，风和日丽得像土耳其，空气里飘着淡淡法国面包的香气，这趟旅行丰富了我的想象力。离开熟悉的新加坡一年多，一切好像换了个面貌似的，有种焕然一新的感觉，不单是环境的转变，也包含了内在自我的成长。看待本来熟悉或理所当然的人、事、物时，多了一个“珍惜”的角度，也深刻体会到被时间催促着成长的，不单单只是我而已。

严格说起来，写这本《无期途行的“骑”迹》才是这趟旅行的终点，因为它，我又再旅行了一回，而你们将会是这段旅程最终相遇的过客。我时常想象着，未来的某一天，喧闹的书店里，当你翻开《无期途行的“骑”迹》，目光停留在某页的字里行间，或想象着某张图片背后那双眼时，你也能有一些温暖的眷恋，或产生一点点面对未知、实现梦想的勇气。那么这趟旅行对我的意义，就不只是圆了自己任性和贪玩的梦想而已。我不是运动员，也不是富二代，只是个愿意倾听自己内心的上班族，我可以实现的，相信你也可以。

依然记得两年多前那个充满阳光的早晨，我带着一股傻劲和对未知的向往，踏上圆梦的旅途。然而结束从来都比开始来得容易许多，面对另一段人生旅程的开始，我会继续带着那一股傻劲儿和对未知的向往勇敢前进。

# 特别感谢

马来西亚：223Go、VBG Network、Tamron by Futuromic photoAV

泰国：Yaiya Hua Hin Resort、Greyhound Café

老挝：Ansara Hotel、Don Chan Palaces、Tree Top Explorer、Salana Hotel、Vat Phou Cruises、Inthira Vang Vieng Hotel、Kingfisher Ecolodge、Le bel Air Resort、Root Leaves Restaurant

中国：Aman at Summer Palace、The Ritz-Carlton Hotels、Marco Polo Parkside Beijing

俄罗斯：Comrade Hostel Moscow Russia、Ararat Park Hyatt Moscow、Arch-ist-Hostel、Baikal Hostel、Nerpa Hostel

土耳其：Butterfly Balloons、Elysee Pansion、CokCok Thai

Restaurant & Bar、Kadirs Treehouse、Orient Hostel、Pera Palace Hotel、V-GO Yachting & Travel、Yildiri Guesthouse'、Villa Perla Hotel

意大利：Hotel Papa Gremano。

**我们都是走在各自“无期途行”里的过客，**

**每一程都期许自己，会变成更好的人。**

**期待和你遇见，我们“骑”终，人不散。**

2012年11月5日　新加坡

▲ 刺激的卡帕多奇亚热气球

▲ 神秘的土耳其回旋舞

▲ 比萨斜塔

▲ 巴黎红磨坊

▲ 伦敦街景

▼ 艺术国度——意大利

▼ 伦 敦 眼

他们用爱
温暖了这趟旅程。
一路上
我带着许多
陌生人的祝福前进。
他们是我
这辈子想要记得
和感谢的陌生人。
谢谢你们
所给予的
温暖和鼓励。

无期途行
创造奇迹